小情话 系列 03

听说你很欣赏我

猫三公子 著

贵州出版集团
贵州人民出版社

图书在版编目（CIP）数据

听说你很欣赏我/ 猫三公子著. -- 贵阳：贵州人民出版社, 2017.9
ISBN 978-7-221-14369-3

Ⅰ.①听… Ⅱ.①猫… Ⅲ.①长篇小说－中国－当代
Ⅳ.①I247.5

中国版本图书馆CIP数据核字(2017)第233394号

听说你很欣赏我
猫三公子 著

出 版 人：	苏　桦
出版统筹：	陈继光
选题策划：	大鱼文化
责任编辑：	胡　洋
特约编辑：	陈　思
装帧设计：	Insect
封面绘制：	冯叶子
出版发行：	贵州人民出版社（贵阳市观山湖区会展东路SOHO办公区A座 邮编：550081）
印　　刷：	长沙鸿发印务实业有限公司（长沙黄花工业园三号 邮编410137）
开　　本：	880×1230毫米 1/32
字　　数：	166千字
印　　张：	8
版　　次：	2017年11月 第1版
印　　次：	2017年11月 第1次印刷
书　　号：	ISBN 978-7-221-14369-3
定　　价：	29.80元

版权所有　盗版必究。举报电话：策划部0851-86828640
本书如有印装问题，请与印刷厂联系调换。联系电话：0731-82755298

contents
目录

世人只道一见苏树误终身 001
听说你很欣赏我? 020
铁树开花，开的什么花? 042
红红火火恍恍惚惚的桃花运? 066
生活总是起起落落落落落落 082
以他之姓冠我之名 104
我能想到最浪漫的事是和你一起慢慢变老 120

contents
目录

如果你所谓的爱慕只是一场无聊，那我，不屑 141

人生漫长，得找个有趣的人 164

这世间哪有什么岁月静好，不过是有人负重前行罢了 184

梦想不一定是拿来实现的 202

我们都会好好的 217

番外之 四张愿望卡 242

世人只道一见苏树误终身

听说你很欣赏我

1

"哎呀呀哎呀呀,我家大神怎么还没更新呀,黄花菜都等凉了……

"大神呀,能不能靠谱点,说好的准时准点更新呢?"

"又凌晨了……"

苗西西面色哀怨地趴在桌子上,左手不停地敲击着桌面,右手不断地刷新着电脑页面,口里叽叽哇哇地念叨个不停。忽地,她拍案而起,惊得寝室一群即将入睡的小伙伴虎躯一震,纷纷揭竿起义。

"翠花,你能不能有点节操?大晚上的不睡觉,扰人清梦,德行!"方子染躺在床上敷着面膜假寐,因时间过久,面膜几尽干涸泛白,随着她梦中惊坐起,轻轻飘落,随后她又捡起重新敷上。(备注：苗西西另有一个大名叫苗翠花……威武，霸气！！！)

苗西西深知自己犯了大错，老大美白时刻，谁都不能打扰。被方子染这么一吼，她立马老实了，闷声闷气地继续刷新页面，可是依旧没有更新。

"十一点不睡觉是不要脸，十二点不睡觉是不要命。"正在玩游戏的李文歆突然冒出一句颇有哲理的格言，立刻引得苗西西与方子染四目相对：这厮要过命吗？

李文歆是典型的低头族，且到了与手机共存亡的境界，手机在她在，手机亡，她"狗带"，而且最近还迷上了"王者荣耀"，每天不到凌晨三四点打死不睡。

苗西西依旧百无聊赖地刷着页面，凌晨一过，大神文下催更的评论哗啦啦地如雨后春笋。

瞄了几眼评论，除了催更的外，并没其他特别的。但是，当她内心无限祈祷着是系统延迟了，手痒刷新了好几遍后，竟然发现她之前写的一条长评被顶了上来。

ID为"圣光之辈"的网友留言评论：大神没更新，突然好想念翠花的吐槽。

苗西西喜欢混各种小说网站，且喜好特别，专混男频，她现在混得最为专一的就是书侠网，这是她无意间逛到的一个小网站，页面干净简洁，设计一目了然，少了杂七杂八的广告，看着舒服，且只有男频文，在里面溜达了一圈后谁知一不小心竟入了《玄冥之道》的坑。

当时这本书接近完结，苗西西经过好几天不眠不休的战斗后终于出坑，但此后却成了作者树洞的粉。

《玄冥之道》是树洞的处女作，一炮打响，之后人气居高不下，而他的书也都始终占据网站榜首位置。

而她现在正在等更新的文便是树洞的新作——

《虚灵巫者》。

追文很糟心，遇到经常断更的大神更糟心，而树洞便有幸成为后者。

直到有一天，苗西西终于等不了，二话不说直接披了个"翠花上酸菜"的马甲狂吐三千字，将其吐了个水泄不通。

结果第二天，树洞竟真的更新了，而苗西西的吐槽瘾一旦启动便再也停不下来了，树洞更新一章，看完后她便在下面撸吐槽长评。

久而久之竟成了习惯，而她的长评因语言犀利直白，文风清奇八卦，内容在线，三观陨落，受到不少网友点赞，也是奇葩界一大囧事。

而今日，树洞大神竟然又断更了，这次不再是一天一小断，三天一大断，而是升级版，五天一小断，十天一大断。

这不，掰着手指头数数，大神已经连续断更十天了，分分钟想弃坑，奈何实乃真爱，这种进无门，退无路的感觉，嗯，着实坑爹！

苗西西秀手一挥，衣袖一捋，是时候大干一场了，大神断更断得太没节操了。

噼里啪啦的键盘声瞬间在安静的寝室里飘荡开来，简直振聋发聩。

"又在发奋吐槽你家大神？"沈晗推门而入，入耳的便是这带着恨意的键盘声,简直是大珠小珠落玉盘。

"哪是吐槽,是思念。殊不知寄情于文字一说?"李文歆游戏正玩得高潮迭起,但人有三急,匆匆忙忙下床,顺手将手机递给沈晗,"美人,帮我打一下。"说完便只听"嘭"的一声关门声。

沈晗耸肩表示自己进门进得真不是时候。

"唉,同是院花,咋区别就那么大呀,一个天天夜不归宿,一个死宅寝室不出门,苍天饶过谁呀……"方子染终于舍得撕掉面膜,慢悠悠地从床上爬下,站到镜子前认真地进行自我鉴赏,"好像有变白哎……"

"嗯,你黑你说了算。"洗手间里的李文歆随口补刀。

而苗西西此时全然是两耳不闻窗外事,一心只写吐槽文。一口气下来,苗西西看着文档里洋洋洒洒的三千字,一股自豪感油然而生,利落地复制,然后粘贴至评论区,一气呵成。

李文歆的"人生大事"得以解决,轻松潇洒地踱着步子至沈晗面前,将其丝滑的秀发妩媚地撩了一把:"哟,系花,您老今天又玩的反向越狱吧?"

"死了。"沈晗无视她的卖俏,反手越肩将手机还给她,页面还停留在显示有K.O字样的界面。

……

死一般的沉寂。

"沈晗!你大爷!我连刷两小时,就差最后五分钟……"李文歆滔天的怒气震得地板都抖三抖。

"怪我咯。"沈晗无辜地耸肩摊手,与苗西西相视一笑,一脸得意。

"尿频尿急尿不尽,哈哈哈哈……"苗西西一面狂笑不止,一面开始收拾电脑准备睡觉。

时间已经指向深夜一点,苗西西寝室的几个姑娘依旧生龙活虎。寝室没有空调,只有两台旋转吊扇在吱吱呀呀地不要命地转着,风速不紧不慢,就像年迈的老人。

"真热呀,一进校就忽悠我们说会装空调,都装到今时今日了,连空调的影子都没瞧见,坑。"方子染从上铺爬下,穿着清凉透薄的吊带睡衣,真可谓波涛汹涌。

"染染,你知道我最羡慕你什么吗?"苗西西使劲地将头往外伸,力争能稍微享受到一点凉风,奈何,就算脑袋伸得跟长颈鹿一样,却依旧还是觉得热。

"天生的。"方子染骄傲地挺了挺她那傲人的双峰,言简意赅,"所以你也别每天吃那木瓜了,没用,你看你,吃了一点效都不见。"

苗西西恨恨地缩回了头,即使再热,也不能丢了尊严。

方子染将几把凳子拼成一排,人躺在上面:"这下舒服多了。"

苗西西暗戳戳地想着,直接躺风扇下挺尸能不舒服吗?

"染染呀,要不我跟你拼一下床?"寝室四张凳子,稍微挤挤,能睡两个,毕竟大伙都还算身材玲珑娇小嘛。

"翠花,话说你该不会是喜欢上那个叫树洞的大神了吧?我可听说写网文的男生都长得挺……实诚的。"方子染很是仗义地挪了挪位置,可两人靠在一起更热。

苗西西索性将凉席撤下来铺在地上，招呼上面的另外两只"长颈鹿"："你们两个也都下来睡吧，热死了。"而对于树洞，她欣赏的是他的才华，并非美貌，于方子染这种俗人不可理解也。

方子染将凳子搬到阳台上："你们睡吧，我'姨妈'来了，不能睡地上。"

折腾完，三人成排，双手枕头躺在地上，痴痴地看着那老年风扇摇呀摇，凉爽多了。

"翠花，你说你每天那么辛勤地等更新，累不累呀，还要那么上心地吐槽，光你的吐槽连起来都能交论文了吧。"沈晗转向她问道。

"这你们就不知道了吧，"苗西西小小地卖了个关子，"所谓爱之深，责之切。"

蓝瘦，香菇……

而电脑的另一头，苏树正在很卖力地再次品读着翠花的长评，还真是吐得一手好槽，干净利落、分析得当，句句在理，他竟然觉得无言以对。

"又在无穷品味了？"陈遇嬉皮笑脸地凑到他面前瞄了一眼，页面正停在翠花写的长评上，"这小姑娘还挺有趣的，你说把她挖过来做编辑怎样？"

"人家那是在力求改进，精益求精，小姑娘说得对，得采取意见。"范祁正在整理网站出现的一些插入广告，"想想，要是真招个逗比女编进来，那会是啥风景？"

范祁想了想他们这整个工作室的人员情况，最后化作一声叹息，严重的阳盛阴衰呀。

"绝世风景？"陈遇嘴快，说完自己把自己给逗乐了，脑海里嗖地就浮现出了翠花那绝世容颜的脸，再配着惊世骇俗的嘎啦东北话……

"俺们哪嘎山上有珍蘑，那个人他不是东北人，翠花，上酸菜……"范祁特应景地憋着嗓子一本正经地扭起了东北话，除了声线有点扭曲外，动作还真是风骚到了骨子里。

陈遇已经笑得完全直不起腰了，手止不住颤抖地指着范祁，朝苏树求救："老大，妖妖灵吗？这里有变态。"

"这里只有妖二灵。"苏树憋着笑，板着脸严肃地继续装模作样看评论，内心早已笑翻了天。

他们在闹，他在笑，这画面，若是被学校妹子瞧了去，岂不是只听到玻璃心咔嘣脆的声音？

2

话说自从进了大学校门之后，苗西西似乎就再也没早起过，但是，今天不同，今天是个好日子，新生开学，那也就意味着"行骗日"到来。

苗西西虽不缺钱，但喜欢赚钱。

丸子头配上小清新淡妆，简单的白色无袖带领连衣裙搭配乳白色低跟凉鞋，清新甜美，苗西西装扮好后正准备悄悄地出门。

"翠花，你真去呀？"李文歆一双眼睁了好久都没睁开，最后决定放弃，嘟囔着一句后翻个身继续睡。

去，为什么不去，为了钱，万死不辞。

苗西西深呼吸一口，这早间的空气就是不一样，连呼吸都带着风，嗯，她已经看到粉红的钞票在向她行礼了。

今天新生开学报到，不过这会儿居然都没瞧见个人影，难道是她起得太早？

"西西，这么早就过来了？"学生会副主席彭程笑得一脸阳光，看到她后，立马招呼她过去帮忙布置展台。

"学长，其他人呢？"

莫非她成了第二早的那个？不会吧。

"其他人都去车站接人了，你帮我先看一会儿这边，如果有新生过来咨询就接待一下。"说完，他就风风火火地消失了。

还真是个急性子。

可能真的是因为来得太早，毕竟现在才七点多，放眼整个校园，还真是人烟稀少，透着一股绝对的宁静。

苗西西百无聊赖地坐在展台前，双手撑着下巴，一双眼滴溜溜地转个不停。

昨天她发动全身力量跟百货商店的老板谈成合作，机智如她，只要她带个学生过去购买生活用品成功便能从中抽成两个点，如果一天带五个，那最少有三百，想想都觉得人生充满斗志。

叮！似乎有猎物出现。苗西西立马狂奔而去，释放出沁人心脾的招牌式微笑："嗨，早上好！"

对方很认真地审视了她一眼后也相继笑开："同学，早上好！需要办校园卡吗？我这刚到的货，开张生意，打个折，一百块的话费，八十块卖你，怎样？"

我靠！竟然是同行。

不过相逢便是缘，更何况还是同行。

"同学，你需要棉被、凉席、风扇、清凉油、排插、热得快吗？全套到位，绝对实惠，值得购买哦。"

苗西西五官精致，白皙甜美，笑起来还带着两个浅浅的梨窝，很漂亮。

半晌后，那人偏着脑袋问："同学，要不咱俩合作？"

"咋说？"

"卡我按比进货价高十元的价格给你，随你用什么价位卖出去，赚的都归你。我呢，也帮你卖你那一全套，我卖出去的呢，你给我十元一个的提成就行，如何？这生意不亏吧。"男生十分热情。

苗西西瞧着对方脸上写着的"同是天涯赚钱人，相逢何必假客套"的字样，心里盘算了一番，不亏。

好，成交。

"你进货价多少？"

"七十。"

八十块拿到手，一百块卖出去，还能赚二十块，苗西西心里盘算着："成交。不过这卡要是我没卖出去能退不？"做生意嘛，最怕的就是囤货。

"当然，体育部大二体育教育学三班宁泽焘。"对方欣然做出自我介绍。

苗西西"噗"的一声笑出，笑得毫无形象："宁泽涛？这名字取得，够……嗯，贴近生活的。"

"寿水焘，不是水寿涛。"宁泽焘解释，他就知道不能自报家门，麻烦。

苗西西在心里比画了一下，有什么区别吗？好像没有哎。她自我介绍："嗯，生科院细胞学大二二班苗西西。"

宁泽焘在听到她名字时愣了会儿神，仔细地将她上下打量了一番，心里暗暗地琢磨了一下。

"苗西西，生科院院花，娇俏甜美，肤若凝脂，一双梨窝搁浅嘴角，笑容迷人，静若处子动若脱兔，但，宅。"这是学校风云榜上的简介。

不过现在看来还得加上一条：爱钱成瘾。要不然谁会在这大好的早晨不睡觉，出来闹腾？不过漂亮归漂亮，但是，胸是不是平了点？黑眼圈是不是重了点？

"那边来人了，我先去了，再会。"苗西西接过他递过来的卡，风风火火地跑向她发现的猎物。被风扬起的白色裙摆成了清晨校园里一处靓丽的风景。

"嗨，同学，早上好！"苗西西整个人都笑成了一朵花，暗想，这次该不会再遇同行吧。

"嗨，学姐好！"小姑娘笑起来甜糯糯的，一头棕色短发小卷，戴着一副足以将脸全都遮住的黑色框架眼镜，白色T恤配牛仔，这简直就是传说中的人畜无害纯天然无污染呀。

苗西西同学被眩晕了三秒，很快回过神来："一个人来的？我来帮你吧。"顺手就要去拿她的行李箱。对方也不介意，顺手就给了她，倒也乐得轻松。苗西西暗想，遇到个单纯的大爷呀，那还不好好宰一顿？

"来得挺早呀，不过现在接待处暂时还没老师，要不我先带你去那边休息会儿？"苗西西套着近乎。

"好呀，不过学姐能带我逛逛校园吗？"

能不能笑得不要这么让人没抵抗力呀，笑就笑，为啥还要眨眼卖萌？

"好呀！"苗西西苦逼地应下，但内心OS却是：我不要逛呀，我还有好多生意要做呢……

"那就麻烦学姐了。对了，我是生科院细胞学大一新生苏苏，学姐你呢？"苏苏说着还自来熟地攀上了她的手臂，巧笑嫣然。

竟然是同院校的学妹？还真是巧了。

"哦，我呀，体育部的，方子染。"苗西西才不会傻到暴露自己的真实身份。

"哇，学姐，你体育系的呀，我表哥也在体育系呢。"

呃，要不要这么狗血的巧合呀……

"哦？"

"宁泽燾，霸气吧。"苏苏一脸自豪地向她介绍，"你认识吗？"

能不认识吗？"嗯，认识，游泳冠军嘛，里约风云。"苗西西揣着明白当糊涂。

"哈哈，我就说嘛，你肯定认识。"

这小姑娘，嗯，真可爱。

可苗西西此刻全身心的细胞都在想着关于怎么开口推销："对了，苏苏，你这次来我看你都没带什么行李？"

"对呀，什么都没带，就带了几件衣服。"

真是天助我也，苗西西暗觉机会大好："那你要不要买被子、风扇、凉席、六神、蚊香之类的呢？"

苏苏想了想，点了点头："应该是要的吧。"

"那要不我带你去买？便宜实惠，你看哈，学校的一套是三百六，我卖给你只要三百，而且质量绝对要比学校好，如果再加六十的话还可以买风扇送清凉油之类的，超级划算。"苗西西实打实地跟她谋算着，听来确实要便宜。

"可是学费里都包括这些了吧。"苏苏问。

"没事，到时你就说你自己带了棉被啥的，学校就不会收你钱了。"感觉有戏，苗西西浑身得劲。

"你确定你那儿质量要比学校好？"

"那是自然，到时要是你觉得我骗了你，你就去找我就行，体育系方子染。"名号都亮出来了，应该可信了吧。

"嗯，行，那等下我哥来了我就让他去买。"

"你哥？"苗西西狐疑，该不会她哥又是熟人吧。

"对呀，我哥也是你们学校的，文学系，苏树。"苏苏一脸挡不住的骄傲，简直都快要溢出来了。

"苏苏。"带着点嘶哑的性感，低沉而利落的声音蓦地在身后响起。

"哥。"

3

苏树是师大的名人，无人不知，无人不晓。

"一身俊朗，风度翩翩，无言诉说，只道是一见苏树误终身。"这是学校风云榜上对苏树的评价,排名首位,众人送其称号"苏哥哥"。苗西西听方子染念过无数次,她都已经能倒背如流。

只是,众人的苏哥哥竟然是这位姑娘的亲哥……那她的生意……

苏树走近,宠溺地揉了揉苏苏的脑袋,满眼爱意流露,就连站在旁边的苗西西都觉得快要沉溺其中了。

唉,想她有生之年也想要个哥哥,奈何,天不遂人愿,她家就她一棵独苗,孤零零地长大。

苏树礼貌地朝她微微颔首,绅士地接过她手里的行李箱,举止恰到好处:"谢谢。"

苗西西有些窘迫,苏树是在跟她说谢谢吗?那个,其实不用谢的,我只不过是为了钱而已……

但是,话不能说得太透,要不然就真该没朋友了。苗西西连连摆手:"没事,没事……"

"学姐,这我哥,帅吧。"苏苏适时地插入,打破了她的尴尬,扬起的小脸上全是骄傲,不过,问她帅不帅是几个意思来着?

帅。苗西西心里还是很肯定地答了一句,不枉占在风云榜首位。

"学长你好,我是苗……"苗西西本想说自己是苗西西,结果突然意识到,自己刚还跟苏苏说自己是方子染来着,"嘿嘿,方子染。"她挠了挠头,继而用她那顶着浓重黑眼圈的大眼直视他,很淡定地做着自我介绍。

"哦?方子染?"苏树拖着尾音若有所思地反问了一

句，嘴角隐隐地上扬了好几个角度。

苗西西狐疑地看向他，苏树应该不认识她吧。

"学长，你认识方子染？"

以方子染的活跃程度，说不定苏树真的有可能认识她，要不要这么狗血？首次开盘就遇到了熟人？

苗西西偷偷地打量着他，她刚好在他肩的位置，若是拥抱的话位置应该刚刚好……苗西西无尽地想象着，嘴角不自觉地扬起，眉眼弯弯，梨窝浅浅。

噗……苗西西，想什么呢？突然醒悟，还真是见到帅哥就把持不住。

不过，还真是帅呀，自有一股谦谦君子的风流，笑意浅淡，眉目明朗，散发着阳光雅痞的味道。

难怪染染每天都在念叨。

"方子染？"苏树若有所思，像是自言自语，又像是反问般嘀咕了一句。

苗西西紧张地等着他的回答，双眼间波光流转。

"不认识。"苏树噙着笑，带着丝丝暧昧。

这厮分明是在调戏她！苗西西一口气堵在胸口，出不来，下不去。

苏树看着她气鼓鼓的样子，只觉身心愉快，气血通畅。

"今天谢谢方同学接待我妹妹，不过她还有点事我就先带她过去了，下次请你吃饭。"苏树还特意加重了"方同学"三个字的发音，可在苗西西听来怎么总觉得有一股被揭老底的味道呢？

哼，谁稀罕你的饭！

好吧，风云人物请吃饭，怎么也还是要赏脸的，吃饭不重要，活络关系比较重要！

"对了，你下次再问的话就要问：你认识我吗？而不是你认识方子染吗？很容易露馅的。"

……

苏哥哥，这会让人很丢面的好吗……

"哎，装备还要吗？"等苗西西回过神来时，苏树带着妹妹已经走远，唯留一抹背影，急得苗西西只得在背后大喊，可回应她的只有清晨的鸟鸣。

而这一天，许是苏树给予了她好运的花牌，所以凭借着她的三寸不烂之舌外加吐槽不死汪星人的功力，成功拉下数单，也算小赚了一笔。于是，苗西西决定第二天继续奋起。

然而事实并未如她所愿，只因接到了师兄肖城的电话，说她的小白鼠出现了毛病，无奈之下，她只能紧急赶往。

"师兄，什么情况呀？"苗西西满头大汗地赶往实验室。这只小白鼠可是她从母体分离后便辛辛苦苦培养了一个半月的，是新学期用来做细胞研究的，要是出问题……简直不敢想象。

肖城正在做细胞培养实验，见到她进来，不急不慌："好像是感染了。"

感染……他怎么还能这么淡定……

苗西西急速地跑到自己的培养皿下面，往日里活蹦乱跳的小白鼠，现在却有些懒洋洋的了。

"师兄，怎么办呀……"苗西西看着里面死气沉沉的白鼠，心如死灰。

"找个包装袋装好，埋了。"肖城依旧在忙着自己的活，就像在说着一件极其平常的事，"对了，记得给它署名，也算一代枭雄。"金丝框边眼镜下一双眼温和平静。

"师兄，不带这么玩的……"苗西西委屈得都快哭了，带着点浓浓的鼻音，看着那羸弱的小白鼠，这可关系到她这个学期的研究，堪称人生大事呀……

"你来了。"肖城云淡风轻头也不抬地说了一句，他不用看也知道来人是谁，"给她吧。"然后又无头无脑地补了一句。

而此刻苗西西正因小白鼠的离世伤心得肝肠寸断，根本无心理会周边其他，以至于苏树将实验器皿递给她时，她全然没有反应。

苏树拿着实验器皿有些受累，而她趴在桌上许是太过专注悲伤，好久都没理会他。正当他准备撒手的时候，却收到一股自下而上的强烈执念扑面而来。

苗西西的视线循着修长白皙且骨节分明的手指往上，宽松的T恤，懒洋洋的发型，眯着一双眼，似笑非笑地看着她。

"嗨，方子染同学，我们又见面了。"

那是一双略带慵懒的明目，眸中微微闪着戏谑的光。

苏哥哥？他怎么会在这儿？苗西西脑中电波呲呲作响，一双眼睁得老大，迷茫地看着他，他该不会是特意来找她的吧……

"方子染？"肖城先她一步出声，强行打破她的幻想。

虽有疑问,却依旧问得平平淡淡。苗西西想,"淡定哥"这个称号实在是跟师兄太配了,似乎无论什么情况下都能如此淡定。

苗西西站直身子,整理了下仪容,对着苏树不停地傻笑,想以此来盖过肖城的疑惑。突地,她像是看到了什么宝贝一般,大喊一声"师兄",铿锵有力。

奈何肖城依旧稳坐如山。

苗西西见肖城毫无反应,试探性地瞄了眼苏树,带着一丝不确定,讷讷地问:"苏哥哥,这你家的?"毕竟苏树的爸爸苏教授经常找肖城帮忙培养各种实验材料,多几只小白鼠很是正常,只是她全然没注意到自己在兴奋间不自觉地就将平日里对苏树的称呼给唤出了声。

苏哥哥,轻快娇俏的三个字如春风拂面轻扫苏树心尖,尾音落地,徒留一阵动荡。

苏树见过她巧舌如簧,也有幸见到她伤心欲绝,不曾想,现在竟还能见到她唯诺狗腿,人生还真是多姿多彩呀!

"给你的。"肖城的一句话三个字,点到即止,却拯救了苗西西的整个世界。

"谢师兄,以后一定以师兄马首是瞻,当牛做马在所不辞。"苗西西立正对着肖城三鞠躬,堪称诚意满满。

"你又拿染染的名号在招摇撞骗?"肖城对她的一番诚恳致谢丝毫不在意,反而状似无意,实则刻意地又给她加了一罪状。

又……

苗西西无辜,她真的也只……嗯,也真的只有不下五次而已，并不算多嘛。

苏树一直安静地站在一旁，嘴角扬着好看的弧度，似笑非笑，不过光是这副模样，就不知能迷倒多少花痴迷妹。

"嘿嘿，学长好，生科院细胞学二年级苗西西，肖城师兄的师妹，上次是我行错在先，请师兄大人有大量，原谅小女子的无心之过。"都被人当面拆穿了，那还不赶紧认错？苗西西谁呀，最识时务了，立马低头鞠躬求原谅。

苏树看着她耷拉着的毛茸茸的脑袋，好想摸一摸……

其实苏树是见过苗西西的，当时她刚进大一不久，按师大传统风俗，自然又是一轮评新上演，院花、校花，选得不亦乐乎。

如果说他对美色不感兴趣那是假的，身为男人，骨子里就带着对美色的臣服因子。

他们寝室四人，只有肖城一人是生科院，其他三人皆是文学院。当时选美结果出来后，陈遇便吵着要去生科院看看生科院新晋院花，只因只有生科院的院花是以清新甜美如茉莉出选，其他院系皆是清一色的牡丹芙蓉国色天香，激不起他的兴趣。

正在陈遇嚷得尽兴之时，肖城随意地指了指从林荫小道另一头与其他几个女孩笑着闹着走过来的女孩："中间穿背带裤的那个。"

那天天气正好，初秋的太阳暖暖，晒得人懒洋洋的，林荫道上落了一地的树叶。有些松散的丸子头，皮肤白皙，斑驳的阳光透过缝隙点点地坠落在她脸上，灵动美好。宽松的黑白相间条纹针织衫搭配背带牛仔裤，挽着身边的姑娘，笑得灿若盛辉，蹦蹦跳跳地刻意踩在洒落在地的树叶上，吱吱作响。

有些遇见，只一眼，便已经落地开花。

"是挺不一样。"苏树沉声。

再后来，便听说她成了肖城的师妹。

听说你很欣赏我？

1

"哇，大神终于更新了，真不枉我天天等，夜夜等呀。"凌晨过一分，树洞大神缓缓而来，终于更新了一章，整整三千字。

掐得真准。

算命的都没这么准。苗西西吐槽。

先占沙发再看文是苗西西的习惯，可是，时隔大半个月后的首次更新，苗西西并没抢得先机，只占了个板凳。

显然，比她更激动的大有人在。

苗西西看的同时脑细胞也在完成质的飞越，看完一章后立马噼里啪啦地码字吐槽，堪称神速。

她将吐槽评论往评论区一发，啪啪啪瞬间引来无数围观,众人只道是翠花的长评与树洞的文堪称同样精彩,简直让人欲罢不能。

而文下"求加更"的评论更是络绎不绝。

"翠花,你家大神的文有那么好看吗?我看了几章,觉得也就那样呀。"方子染躺床上一边敷着面膜一边玩着手机,嘴里碎碎念着。

"你这么说就不对了,那是翠花心中的神明,不能出言不敬。"李文歆依旧在玩她的手游,玩得不亦乐乎。

"我觉得挺好看的呀,前几章都是铺垫,可能是有点无趣,但是你要往下看,越往下就越好看,后面的情节就都展开了,高潮迭起,分分钟引人入坑呀。"苗西西在说起自己偶像的时候一脸骄傲,哈喇子都快流出来了。

"既然那么好看,那你干吗总是吐槽呀?"沈晗表示异次元的世界她很不懂。

苗西西深吸一口气,只道是当官的不懂百姓的好,于是娓娓道来:"第一,爱之深,责之切;第二,好的东西引人深思;第三,"稍作缓歇后,苗西西一脸高深莫测,"这第三嘛,当然是为了引起人家的关注咯!"

寝室瞬间陷入寂静。

还说她那么坚持不懈,日复一日地吐槽是为了什么,结果,果然不负众望呀。

安静之后,方子染终于耐不住了,恨铁不成钢地问了一句:"勾搭上了吗?"

"革命尚未成功,同志仍需努力。"苗西西精气神十足,起身活动活动经骨,都已经下半夜了,依旧激情澎湃,

"呃？有人加我。"

苗西西发现自己QQ头像在闪，立马去点。

是邀请入群的好友请求，群名美曰：上吐下泻。

苗西西进去之后，翻了一下群列表，名字竟都还看着挺眼熟。

奇鸟：吐槽大使驾到，众臣接驾来迟，请恕罪！

此话一出，下面列队接驾，这架势把苗西西吓了个趔趄，心里暗呼：没搞错吧，把她当大神膜拜了？

"奇鸟"是树洞的头号粉丝，最先的时候苗西西还怀疑他是不是女玩男号，最后经过无数次的调戏验证，依然不能确定。

翠花上酸菜：@奇鸟，什么情况？

奇鸟：大家都说想认识一下你，我只是满足一下众愿。

还真够冠冕堂皇的。

奇鸟：@翠花上酸菜，来个惊天地泣鬼神的自我介绍吧，这里的人可都很膜拜你的。

翠花上酸菜：西湖的水，我的泪，我情愿和你化作一团火焰，啊啊啊啊啊，大家好，我是翠花……

众人：……

群里聊得火热，翠花一出，直接将他们深藏心底的吐槽因子激活，堪堪不负群名，一片上吐下泻。

奇鸟：@所有人，请问群里有师大的同学吗？听说师大明天在东方红广场有一场三校联谊的晚会，有一起去的吗？

圣光之辈：我。

苗西西听得一脑子酱油，东方红广场？师大？莫非是他们学校？

她转头问方子染："染染，我们学校明天有联谊？这大热天的。"

方子染迷迷糊糊地"嗯"了一声，之后便又翻身睡去。

怎么这事她都不知道？

翠花上酸菜：我。

联谊应该会有不少帅哥吧，苗西西想。最近她真是都快把实验室当寝室了，是应该出去透透气，换换新鲜空气了。

苗西西瞄了眼电脑右下角的时间，凌晨两点整，唉，一天不要命的日子又将结束，洗洗睡吧。

"咦，又有人加我？"待苗西西洗漱完毕后准备悄悄地关电脑睡觉时，谁知QQ头像又闪起了。

附加消息：听说你很欣赏我？

呃？这话说得，她可不是盲目崇拜的人。

再看了眼网名：树洞，来自"上吐下泻"群。

树洞？

苗西西瞬间呆化，没人告诉他大神也在群里呀，要是她知道的话肯定不会胡说八道呀，刚"圣光之辈"还问她为什么那么喜欢吐槽大神来着，她当时大义凛然地答：因为我很欣赏他。

好吧，现在是搬起石头砸了自己的脚？

不过大神为什么要披着马甲水群呀。

苗西西在蒙逼三秒后，手脚利索地选择一键关机，而内心早已漾起水花，久久不能平静，以至于她趴在床上的时候都还在想大神为什么要加她，可就算她睁着眼死盯着天花板也想不出个所以然。

  而电脑的另一端,三十分钟过去了,申请的好友请求竟然毫无反应,苏树顶着一张黑脸搜寻她的列表头像,竟然灰了?所以,他首次加好友就被放鸽子了……

  "翠花,你不会一晚没睡吧?"李文歆与她临床而睡,每天五点准时被尿意憋醒,解决完后接着睡回笼觉。平时她醒的时候大伙可都是睡得像猪一样,今天倒是发现了异样。

  "昨天大神加我了。"苗西西声线嘶哑,昨晚数绵羊从一到一千都数了上百遍,奈何越数人越清醒。大神不过加她一下,结果她躺在床上都已经幻想到两人以后的孩子在哪儿上学了……不过现在倒是开始有些睡意了。

  李文歆的睡意一股脑全醒了,激动得大吼一声:"勾搭上了?同志,可以呀!"

  这厮怎么比她还激动?

  苗西西趴在床上,头埋在枕头里,闷闷地应了一声:"可是我没同意。"

  李文歆恨铁不成钢地一记栗暴直接抽在苗西西脑袋上,响声把另外还在沉睡的两只都给惊醒了。

  "我还想着以后都能看免费小说了,你这倒好,好不容易勾搭上了,竟然还夙了,唉,贱人就是矫情。"李文歆嚷嚷完继续倒头大睡。

  好吧,苗西西承认自己是夙了。

  外面天色渐亮,睡意上头怎么都挡不住,而这一觉苗西西直接睡到下午两点,竟还是被热醒的。

她起来吃了个泡面，手痒又玩了盘游戏后不知不觉间时间竟然已经莫名其妙地就到了晚上六点，要不是方子染打电话过来，她是绝对想不起今天还有重要事情的。当她关闭游戏界面的时候，发现"上吐下泻"群里早已经吵翻了，奇鸟跟圣光之辈几个都已经到了东方红广场了，就等她出场，却迟迟不见她人影，点开私聊信息，一个个全都是催她速去的。

苗西西在群里颇为大气地吼了一声：翠花来也，众臣准备接驾！

随即想到树洞好像也在群里，立马撤回消息，改成：嗯，我就来了。

苗西西自我诽谤，真矫情。

苗西西蹬着自行车马不停蹄地赶到东方红广场，找到组织："你们过来怎么都没叫我呀？"

方子染一把钩过她的脖子，义正词严地问："听说昨天大神勾搭你了？"

苗西西一口气憋在胸腔，难上难下，呛住了。

"可是我没理他。"苗西西小心翼翼地躲开方子染的勾搭，一边咳嗽一边说。

方子染当场愣住，随即竖起大拇指给她点赞："不愧是咱生科院的院花。"

"你不是体院的吗？"苗西西睁大眼无辜地看向她。

方子染扭头就走，连带着波涛起伏，堪称一大美景。

"对了对了，听说是三校联谊，是真的吗？我怎么都不知道？"

整个广场熙熙攘攘，热闹非凡。

"嗯，我们帮你报名了，你整天不是宅寝室就是宅实验室，能知道吗？"方子染无奈地又折返回来，将她板正，面朝自己站好，"不是让你打扮好了过来吗？怎么还这样？好好的一个院花也不知道打扮打扮，浪费天资，就你这样的，居然还有胆量拒绝偶像？我看你是嫁不出去了。"方子染从包里掏出几样东西后便将包包递给沈晗，开始快速地捯饬苗西西，手法利索精准，顺带随便将她的头发拢了几下，一个散发着凌乱美的丸子头凌空出世。

不过这大庭广众之下的化妆真的好吗？再说了，她可是天生丽质难自弃，就算不化妆也是美的好吗？只是这话苗西西不敢当着她们的面说。

在方子染的鬼斧神工之下，苗西西瞬间从一个宅女成功变身成甜美小公主。

方子染将自己的作品观摩了一番，表示相当满意："幸好你今天不是穿的什么宽松肥大版的睡衣，要不然就我这巧手都无能为力。"

苗西西低头瞅了瞅自己，出门前她是特意换了身衣服的，因为奇鸟说到时见见，这不，为了稍微留下个好印象，她也就换了条还挺漂亮的白色荷叶边连衣裙，青春活泼，很衬她。

"听说今天苏树也来了，你争气点，不求拿下，但求也能挡挡路。"方子染语重心长地交代她。

2

不求拿下,但求挡路。

她是挡路牌吗?苗西西无声无息地翻了个白眼。再说了,她对苏哥哥,只能远观,不可亵玩焉。

不过方子染的意思也就是让她当个挡板,挡挡那些前赴后继者。她心目中的苏哥哥可不是谁都可以染指的。

虽然苗西西很low,但怎么也有个院花的名头撑着,也是有真材实料的。

沈晗接到季辰电话后便离开了组织,自由潇洒去了。李文歆则表示"找男朋友干吗?是'王者荣耀'不好玩吗",说完就躲一边玩游戏去了,还真是分秒必争。所以说,一切事物在真爱面前那都是个屁。

四人团队瞬间只剩孤零零的方子染跟苗西西两人。

方子染是要去围观苏哥哥的,不过苗西西还是得先去会会奇鸟他们,于是两人分开行动。

苗西西找到奇鸟一行人的时候,他们正在帅哥烧饼处排长队买烧饼。苗西西感叹,这到底是帅哥的诱惑大呢还是烧饼的诱惑大。

奇鸟容易认,个高且瘦,一身嘻哈风,戴着一顶鸭舌帽,即使人群压顶她也能轻易找到他。

原来不是女玩男号,而且往小了说也还算个帅哥。

"嗨!"苗西西踮脚拍了拍他肩膀,笑容在昏黄的灯光下熠熠生辉。

奇鸟一低头便见到了一张让他心生欢喜的笑脸。

后来在他回忆起他们的初见时,他说:从没见过那样的一张笑脸,单纯美好到让人瞬间心动。以至于后来,他爱的人都像她一般,有着最纯真善良的笑。

"翠花?"奇鸟不确定地问了一句,因为他委实没想到在网络上吐槽如此诙谐幽默的人竟然是个如此生动的女孩,连带声音都带着一丝怀疑。

苗西西点了点头,扫了眼周围:"你还挺好找的,都快戳破天际了,对了,圣光之辈呢?"

奇鸟努了下嘴,示意她正朝她走过来的男孩,长得还挺帅,不过显然比他们都小了一轮呀,身上还穿着师大附中的校服。

苗西西简直不敢相信,原来,现在的小孩都这么早熟。

"嗨,翠花姐!"

这小屁孩,嘴还真甜。

"圣光?你现在不是高中生吗?还有时间看小说?你妈不揍你?"苗西西连续发问,惹得小屁孩对她满眼鄙视。

"高中生也是有自由的,再说了,我妈不揍我,我爸倒是有点。"

果真是小屁孩,还挺实诚。苗西西忍不住充满母性光辉宠爱地摸了摸他的脑袋,却招来圣光的嫌弃。

"其他人呢?"苗西西巡视了一周,好像没再发现其他可疑人物了。

奇鸟摊了摊双手,表示无奈:"来的就我们两个,其他人都放鸽子了。"

苗西西：……

能多点真诚，少点套路吗？

三人找了个位置坐着聊了会儿天，大致彼此了解了一下情况。

圣光之辈，今年准十八，师大附中，正努力准备考复旦，期盼着从此逃出父母的掌控。嗯，叛逆小孩一个。

奇鸟，中南大三传媒系学长，出产于陕西，因为《快乐大本营》而义无反顾地奔赴湖南，并决定此后扎根湖南。从此南方的城市又多了一个西北的高小伙，为南方平均身高做出贡献。

因圣光之辈七点便要开始上晚自习，互留联系方式之后便散场，而奇鸟本是为猎色而来，自然要为猎色而去，苗西西便也只能回归原组织，谁知道方子染的电话却怎么都打不通。恰巧此时李文歆的电话进来，让她速速前往广场下面的篮球场。

终于，跟组织会合了。

"什么情况？"苗西西一路跑过来的，气喘吁吁地扒拉着方子染问。

"姐呀，李文歆帮你去抢座位了，你今天争气点。"方子染帮苗西西整理了下有些松垮的仪容，语重心长地对她嘱咐道。

显然，苗西西还在状态外，一脸蒙逼："怎么了？"

方子染对她真是恨得咬牙切齿："苗翠花，你脑子能不能长点心呀，今天联谊，你说能怎么？苏哥哥肯定要被哄抢的。"稍稍缓了口气，平静了些继续道来，"这次活动排场也够大的,学生会那边请到了不少大神,三校的都有,不仅有才艺展示,还有抢亲配对,你给我上点心一定把苏哥哥抢到手,知道了吗?"

苗西西怎么觉得这语气有点像老妈催婚?

"那你们呢?"

李文歆对帅哥没什么兴趣,倒是方子染,向来对帅哥是没什么抵抗力的,不可能放着这么好的机会而不行动的。

"先进带动落后知道吗?你好歹也是个院花,拿下苏哥哥也还算合理,当然,只要你拿下了,你觉得离我们拿下大神身边的其他大神还远吗?"方子染侃侃而谈。

好吧,这理论似乎是这样的。

可是,人家未必看得上她呀?想起苏哥哥对她的一脸不忍直视,她可没什么把握能搞定。再者,运气这种东西,她是从来没有拥有过的。

李文歆估计是抢到了好位置,正对着她们一个劲地招手唤她们过去,而方子染却朝另外一个方向钻去,不一会儿又钻了回来,悄悄地凑到她耳边:"翠花呀,我刚刚从内部打探到了,才艺结束后的运球配对环节,击鼓的人是我高中死党,我贿赂过了,到时球到你这儿的时候就停,所以,你运球的速度一定要慢,懂?"

苗西西一双眼睁得老大,方子染这什么关系网?怎么哪儿哪儿都能拉到赞助?不过为了把她给嫁出去,可真是舍得下血本,平时死抠的一个人还知道贿赂了。

"染染呀,其实我吧……"苗西西想表达一下自己对苏哥哥其实并没有特别强的执念时,方子染却抢先开口了:

"你放心，贿赂品我记在你身上了，诸葛烤鱼三次，我算了算，也不贵，便答应了。"

你……苗西西吐血身亡，三顿，谁说不贵的，一顿就得好几百呢。

好吧，她不能跟钱过不去。

苏哥哥，请原谅我对你的势在必得，毕竟好几百块呢。苗西西在心里暗暗祈祷。

活动七点准时开始，气氛异常活跃，大神们也都积极融入。此时此刻，没有大神小透明之分，大家都不过是芸芸学子中的一个最普通不过的学生罢了，有着最单纯的年纪，最天真的笑脸，最美好的相遇……

简单的开场之后便是各方才艺展示，苏树自弹自唱一首李荣浩的《李白》将现场气氛推向高潮。

苗西西看着舞台中央抱着吉他的男孩，他似乎永远都散发着淡淡的笑意，阳光自信，时而低头浅唱，时而抬头高歌，一举手一投足都透着贵家公子哥的优雅气质，伴随着性感的声线，一切都融合得天衣无缝。

本来热闹的现场在他的演唱下，开始渐渐地趋于安静，似乎都怕错过任何一个节拍，全都化身迷弟迷妹。

苗西西不知道他居然连唱歌都这么好听，只能感叹还真是上帝的宠儿，人生都跟开挂似的。

一曲终了，掌声响起，苗西西静静地看着正在向观众鞠躬的苏树，举止得体，浑身都散发着良好的修养，这样的男孩，难怪能引得一票女生为之狂欢。

之后的表演继续发力,将所有的活跃因子都叫醒,再次将气氛推向高潮。

表演结束后,便是方子染口中的抢亲配对,因为男神女神有限,但人民群众太多,典型的供不应求,为了缓解这种局面,组织方决定用运气来说明一切:敲鼓运球。

苗西西看了眼此刻正被蒙着眼站在大鼓前的男生,传说中的受贿者,方子染高中死党,怎么看怎么觉得有些不靠谱呢?

苗西西拉了拉方子染的衣角,小声地问:"你那死党靠谱吗?我怎么觉着脸上就差写着不靠谱三个字?"

方子染"喊"了一声:"就你还长这样,别人都不知道你又宅又蠢还懒,别以貌取人。"

不带这么打击人的,奈何,苗西西竟无言以对。

锣鼓喧天,随着主持人的一声令下,鼓声敲响,篮球开始在同学们手中运转,鼓声停止,篮球在谁手,谁就可以跟男神或女神一起参加后面的活动。当然,万幸中的不幸便是同性相配,那也就只能权当浪费资源了。

眼瞅着男神女神一个个地都被领走,苗西西一颗心竟然开始渐渐紧张,也不知道方子染的安排到底能不能实现,要是真的能跟男神组队的话,好像还挺不错,月黑风高的,再来番巫山云雨……

小说看多了,想象力好像有点过于丰富。

她脑袋被方子染猛抽:"看你这样,又在饱暖思淫欲?"说完还不忘狠狠地咳嗽一声。

苗西西还在状况之外,谁知道篮球却已经先行一步传到了她身边,她无奈地接过,正准备传给李文歆时,鼓声悄然停止。

所以……她这是被配对上了?心底无声地涌起一股欢喜,兴奋得一瞅台上对象……心痛得无以言表,那笑得一脸春风洋溢,好不嘚瑟的,不正是卖卡小王子宁泽焘吗?说好的苏哥哥呢?

苗西西一脸蒙逼地看着方子染,方子染一脸怨怼地看着她:"我们的暗号是咳嗽。"

"还真是死党,他竟连你咳嗽声都听得出。"苗西西简直生无可恋。虽说卖卡小王子也不错,但是,毕竟苏哥哥才是被幻想对象呀。

"如果说一切都是天意一切都是命运,终究已注定,是否能再多爱一天能再多看一眼,伤会少一点;如果说一切都是天意一切都是命运,谁也逃不离……"宁泽焘带着他魔性的歌声以十足的绅士姿态行至她面前,左手背在身后,虔诚地伸出右手,九十度鞠躬,"感谢命运让我们相遇,这位美丽的女孩,愿意跟我组队吗?"

苗西西囧,怎么就他事多?其他组队的不都是直接牵手便算吗?

"愿意,愿意……"人群中呼声渐高。

苗西西憋得满脸通红,而宁泽焘依旧微笑着保持最原始的状态。

"学长,咱能正常点吗?"苗西西小声地问,"搞得跟求婚现场一样,挺难为情的。"

"那你赶紧答应,我这弓腰驼背的,也挺难受。"宁泽焘嬉皮笑脸的，看得人只想狠狠地抽他。

可是愿意这两个字能这么轻易说吗？这货绝对是在坑她，他俩之间是不是有什么仇呀？

苗西西想了想，以绝对的骄傲之姿，带着谜之微笑将手优雅地交到他手里："起驾！"

3

有种仇叫君子报仇，十年不晚。

宁泽焘双眸中充斥着危险的信号，苗西西微微笑着义无反顾地勇往直前："学长，感谢命运让我们相遇。"

宁泽焘皮肉皆动荡着诡异的笑意，执起她的纤纤素手，声音几乎是从嘴角飘出来的："学妹很会玩嘛。"很小，只够他俩听见。

他本意只是想逗逗这只可爱的学妹玩玩，没想到最后他却成了被玩的那个，恶气滔天。

"多谢学长夸奖，等下还请学长多多关照。"苗西西加大了声音，故意让所有人都听见。

这一战，苗西西完胜。

一战下来，浑身酸软，苗西西跟随宁泽焘颓丧地坐下，等待着后面几位大神的配对。

巧的是，下一个便是苏树。

苗西西看着台上帅得人神共愤的苏公子，自知没福气能与之执手千年了，便多少也失去了游戏的斗志，不过到底还是好奇究竟是谁那么运气大发。

然而，竟直接花落一娇羞平头男生家，瞬间，女生的所有怨气冲天般发向击鼓者。

呜呼哀哉！

方子染偷偷地跑到苗西西后面跟她咬耳根子："那个男生我认识，等下我去威逼色诱一下，到时让他跟你互换一下，你就可以跟苏哥哥一组，姐为了你，连色相都出卖了，只许成功，不许失败。Fighting！"

苗西西暗叹方子染人脉资源何其广之余却也止不住地怀疑："不过，你色相有用吗？"

嘭，脑袋开花的声音，美妙极了。

方子染属于可以玷污她的才华才智，却绝不能玷污她色相的那一类人，谁知苗西西一不小心撞枪口了，脑袋开花实属小罚。

不过，她是否真的还能小小期待一下？再相信某人一把？

"原来你喜欢苏树？"两女生之间的悄悄话不料竟全都落入宁泽焘之耳，鄙夷之色跃然脸上。

苗西西不在意他的鄙视，笑得春风暖暖："学长，要不你看在我这么喜欢他的分上就成全了我们吧。"

宁泽焘被她的娇声弄得起了一身的鸡皮疙瘩，双手交错，使劲地搓了搓手臂："我可没成人之美的习惯。"

"(￣▽￣~)喊！"苗西西觉得自己是有病才求助他，"学长，你是不是觉得自己不如苏树呀，所以才……"

"本小爷有啥不如他的？要皮囊有皮囊，要内里有内里，他？本少爷根本就不care。"还没等苗西西说完，宁泽焘便理直气壮地打断了她。

"哦……声音还挺大，是挺不care的，但是，为啥三校女生的眼睛全都盯着苏大公子而不是你呢？"

"肤浅。"

苗西西被他逗笑："不过，你好歹也是卖卡小王子，放心，人家这技能肯定比不上你，你可以偷着乐了。"

宁泽焘："……"

"不过话说回来，你好歹也算得上校园风云榜的人物，怎么就落魄到了卖卡的地步？"苗西西是后来跟李文歆聊起八卦的时候才知道宁泽焘也是风云榜上的人物，不过，排名最后。

但是，终归是上榜了呀，也算个人物。

宁泽焘对此表示拒绝回答，内心却鄙视她不照样沦落到了卖被套的地步？好男不跟女斗。

配对结束，开始下面的活动，以两人为一组，前往岳麓山山顶一路寻找事先藏好的"天书"，在规定时间里按所得数量排名，第一名奖微单两台，第二名奖iPad两台，第三名奖省内旅游卡两张，第四名奖咖啡券两张，第五名奖电影票两张。

苗西西只能说这奖品的落差简直不能太大，但是，也足够有诱惑力，转头认真地对着宁泽焘道："学长，咱私人恩怨先放一放，力争第一如何？微单哎！"

一提到微单，苗西西双眼冒光，完全不能自已。

"我跟你没私人恩怨。"宁泽焘呲舌，"不过第一嘛，小爷我轻松拿下。"

这自信真够膨胀的,也不知道膨化食品到底吃了多少。

"那小女子就期待宁小爷你的表现哦。"苗西西丝毫不介意他的别扭,只要他能拿到第一就好,对着她绽放出自己最美的笑脸。

方子染看不惯了:"苗西西,你能不能要点脸呀,笑得简直太荡漾了……"

苗西西:"……"

规则宣布完毕,比赛正式开始。不过有些投机分子早就已经默默地提早行动了。

在众人都奋力往山上奔跑的时候,宁小爷却偏偏要先去解决他的人生大事,美其名曰"人有三急",解决完好上路。

李文歆他们都各自组队先行一步走了,独留苗西西一个人百无聊赖地等着宁小爷解决完大事去夺第一。

可是,这都已经十分钟过去了,竟然连个人影都没出现,宁小爷该不会是掉厕所了吧?

本想电话问候一下的,却发现两人连电话都没留下,又不知他蹲了哪个坑,苗西西只能继续在这儿等着,无聊之际何以解忧,唯有手游。

苏树从篮球场附近的男厕出来,远远地便看到了顶着个丸子头,白色的连衣裙包住膝盖蹲在地上的苗西西,走进一看,才知她正玩游戏玩得不亦乐乎。

"听说你很喜欢我?"有些熟悉的声音蓦地从脑袋上方传来,苗西西下意识地抬头看了看。

五秒的寂静过后,苗西西才想起要站起来,可一着急,脚一麻，竟然自己踩到了自己的裙子，整个人被扯得一个趔趄。最可悲的是，左边肩膀的裙肩全被扯了下来，光滑雪白的左肩毫无保留地付之春光。

　　苏树下意识地向前猛地拉住她右手，一个用力，便将她圈入了自己的怀抱，待她站稳后立马帮她把耷拉下去的裙子整理好："怎么这么不小心？"带着些责备，还有一丝异样的不易察觉的宠溺。

　　苗西西觉得自己现在整个脸都已经烧成了红屁股了，羞赧得不敢抬头，只低着头闷闷地道："脚麻了……"

　　都怪那宁泽焘，现在自己的囧样全被苏哥哥给瞧了去。这个世界已经不美好了，染染啊，你要的先进带动落后可能是行不通了。

　　苏树扶着她到旁边坐下，自己也顺势在她旁边蹲下。

　　"哪只脚？"

　　"啊？"苗西西还在状态之外，更是摸不透苏树的意图，但还是慑于他的气场，只得低着头讷讷，"右脚。"

　　不料，下一秒，苏树竟伸出手帮她揉了揉右脚。

　　"啊？"苗西西惊呼出声，立马下意识地往里缩了缩脚，这是在给她按摩？刚才那温暖的触觉让她浑身的细胞都在叫嚣。

　　"那个我自己可以的。"苗西西根本都不敢抬头看他，只得低着头装模作样地给自己按摩起来。

　　她哪敢劳烦苏哥哥呀，这要是被谁看到，那她岂不瞬间就成了被千刀万剐的对象？

　　苏树毫不尴尬地站起来，俯视着她："按摩完后脚再在地上慢慢转动几次,再伸缩几次试试。"

苏哥哥气场直开两米八,她根本就没有反驳的余地呀,只得乖乖照做,不过好像还真缓解了不少。

"那个,你能帮我给宁泽焘打个电话不?"他们是表兄弟,肯定有电话的。

苗西西尴尬得想哭,而苏树一脸云淡风轻:"他跟我换了,你跟我一组。"

宁泽焘,你玩我呢!

不过,真的要跟苏哥哥一组咩?那这算不算屈打成招?呸,因祸得福?

"换了?"莫非染染的美人计还真派上用场了?

苗西西一脸蒙逼外加不可置信,莫非这是要走上人生巅峰的节凑?在她晃神之际,苏树已经走远。

"那个,学长……"苗西西加速小跑几步追上,跟在后面问,"为什么换了呀?"

"想要微单?"苏树脚不停歇甚至故意加大了步伐往前走。他是手长脚长的,方便利索,可苗西西硬是从小跑变成快跑才能勉强跟上,且本就是上坡路,不消一会儿工夫便开始喘上了。

"学长,咱能慢点吗?"苗西西一张脸憋得通红,加速几步越过他,双手叉腰气喘吁吁地挡在他面前退着走。苗西西是宅女属性,平生最恨爬山,奈何这次的诱惑有点大,实属不得已为之。

"小心。"

话音刚落,苗西西便已落入一个结实的怀抱,今天好像这是第二次了吧,她发誓,她绝对不是故意的。在她惊魂未定之际,余光所到只见一辆从上而下的山地车噌噌噌带着风急速地从苏树旁边擦肩而过。

"原来你后脑勺没长眼睛呀。"苏树讥诮,可面上却带着笑意。

"是你走太快了好吧。"苗西西不服,"而且,谁后脑勺长眼睛呀。"

男生依旧走在前面,可步伐明显慢下来了,女生跟在后面低着头碎碎念,路灯将两人的影子拉得长长的,交叠在一起。听说,如果能与你喜欢的人的影子重叠的话,便会一直在一起。

苗西西小心翼翼地跟在后面,悄悄地踩在苏树的影子上,两人的影子几尽重合。

她今天好像已经两次投怀送抱了吧?哼,不对,是他拉她入怀,所以,她也只是个承受者。

不过,苏哥哥的怀抱好像很有力呢,还很清新,像是透着一股清新绿茶的味道,难道是用的绿茶味沐浴露……

思绪已在不知不觉间渐飘渐远……好像拉不回来了。

苏树听着她念叨,嘴角的笑意不自觉地往外泄,也就她后脑勺没长眼睛,他可是长了,她居然还在幼稚地踩影子,暗觉是个幼稚鬼,可内心的波澜却已一圈一圈地漾开。

他刻意地在不经意间变化着脚下的方向,她却是毫无察觉,照旧玩得风生水起。

呵,两个幼稚鬼。

"呃?"苗西西揉了揉被撞疼的额头,诧异地抬头,

"怎么了？"怎么突然停了？

"我们抄小路吧，照你这速度估计连电影票都拿不到。"他说。

苗西西暗暗咂舌，她怎么就闻到了一股鄙夷的味道呢？这能怪她吗？不能的好吧。

"学长，你知道'天书'的位置吗？他们就没给你开点后门啥的？"苏树在前面开道，苗西西小心谨慎地跟在后面，虽然这条小路已经被踩得很宽敞平坦了，但正所谓：一朝夜路行，谁知遇啥物。

铁树开花,开的什么花?

听说你很欣赏我

1

"就算开了后门,等你上去的时候估计也没了吧。"这条路如果他一个人的话就算闭着眼也能上,奈何现在多了个,嗯,累赘。

"真开了?"苗西西两眼放光,"在哪儿?在哪儿?赶紧赶紧。"

小路上没有路灯,只能靠手机照明,漆黑的深山里两盏灯的移动速度忽快忽慢,而苗西西兴奋的声音回荡在空山里显得异常清脆。

苗西西听着自己的回声,似乎有点戚戚然,紧了紧被拽住的衣角:"学长,你相信鬼神吗?"

"信则有,不信则无吧。"苏树感受到她的害怕,放缓了速度,"后面来人了。"

"啊?"前一秒还在谈论鬼神,后一秒就身后有人?确定这玩的不是心跳?而她在下意识间就抓紧了苏树的衣角。

"应该是其他的队伍也分散朝这边来了。"

苗西西立马收手,随意地拍了几下,这下囧大发了。

"'天书'在这条路上?"简直不要太聪明,苗西西自觉自己竟还能在尴尬之余发挥机智,颇有些小骄傲。

苏树实在不懂她的自信哪儿来的,他们只是听到这边有声音才跟过来的好吗?

"我也不清楚。"苏树摊手耸了耸肩,不过按照一贯的伎俩,应该会有几个。

苗西西郁闷到极点,低着头:"哎!"

苏树低头看着她毛茸茸的脑袋,突然想到陈遇经常挂在嘴边的一句话:你来自云南元谋,我来自北京周口,牵着你毛茸茸的小手,轻轻地咬上一口,啊,是爱情让我们直立行走。

他不自觉地笑出声,苗西西有些不明所以,抬起头看着他,一双眼在月光下清澈动人。他忍不住地揉了揉她脑袋。

"走吧。"说罢,他直接牵起她的小手,拉着她继续往前走。

温热的触觉让状况之外的苗西西瞬间回神,下意识地想要缩回手,挣扎了几下最后以失败告终。

"据说前段时间山里发现了一具尸体,被挂在树上晾了约有一周之久,直到有人闻到臭味才被发现,说是情杀。"苏树云淡风轻地说着。苗西西却是听得一身冷汗,挣扎的手也不再动作,有些惶恐地看着他:"真的?"

"嗯，死者是个女生，因为脚踏两条船，被从外地回来的男友约至山里给捅了好几刀。"

苗西西听着只觉浑身鸡皮疙瘩都起来了，忽地，山间起了一阵凉风，树叶簌簌地往下掉，冷飕飕的，她不自觉地打了个寒战。

"啊……"苗西西脚似是踩到了不平物，尖叫一声，一个趔趄，苏树下意识便去扶她，谁知竟像是有磁石吸附一般，两人双双滚落山林。

后面的同学听闻声音急速赶至，却什么异样都没发现。

"你们刚才听到有人尖叫了吗？"有人问。

"好像是有，就在前面。"

"我好像也听到了。"

声音分明有出现，却没有发现任何异样，连任何一丝风吹草动都没有。

"会不会是主道上传来的？"

"哎，我们前面的人呢？"他们是听到声音才一路跟过来的，这条路通往山顶相对要快一些。

"应该是上主道了吧，前面不远处就是主道了。"

一众人等也没多想，再往前走点便绕到了主道上，有人还真的找到了好几个"天书"。

活动结束，方子染却一直不见苗西西的身影，打电话也没人接，不由得烦躁起来："要不我们分头去找找吧。"

方子染又招来几人准备再次上山，恰好见到宁泽焘。

"哎，苗西西呢？"方子染风一样跑过去揪住宁泽焘气喘吁吁地问。

"她没跟我一组,我跟苏树换了。"宁泽焘本来还在因为苏树强行跟他换组的事置气,但是看到方子染此刻焦急的模样,觉得事情有些不对,"怎么了?"

"苗西西到现在还没回,电话也打不通,我们打算再上去找找。"方子染还没解释完,宁泽焘便拿出手机给苏树打电话,可是回应他的同样是一片忙音。

"苏树的也打不通。"

"跟你们说件奇怪的事,我们不是抄的小道吗?那会儿分明听到了有人尖叫,但是走过去却没发现任何异样哎。"

"真的吗?"

"我骗你干吗?当时还有好多人都听到了,只是我们看了半天却没发现什么异样,也就走了。"

"啊?我还听说上次不是有人被杀了挂在树上吗?我觉得我们以后还是不要上山了的好。"

"嗯,对了,我听那声音还挺像苗西西的,也不知道她回来了没。"

方子染的耳朵如同雷达一般,听着两个女生之间的聊天,瞬间就搜到了"苗西西"三个字,立马转身便朝那两个女生跑过去。宁泽焘只觉刚刚还在跟他说话的人此刻转眼已经不知所终。

"你们说听到苗西西的尖叫了?"方子染抓住一个女生便问。

方子染的块头有点大,往那女生身前一站,直接压过一头,女生有些不知所措,连退了几步,点了点头。

"在哪儿?"

"就在那条比较宽的小道上,可是我们去看的时候并没发现任何异常,连树枝都没动。"

宁泽焘跟过来:"我去找一下,你们去联系一下老师,再报警。"

"苗西西没回来?"那个女生怯怯地问了一句,却没得到任何回答。

不消一会儿,山上再次热闹起来,叫喊声、搜寻声、狗吠声,绵绵不绝,可就是听不到任何回应,空有回音在山里回荡。

时间一分一秒地过去,可是却没有仍旧没有半点消息。

翌日的晨曦早早地照耀进山林,仿佛镀上一层淡淡的金光。若是没有那惶惶不安的呼唤声,这定然是一番美景。

方子染一行人的嗓子已经喊哑,又一夜没睡,整个人都憔悴不堪,辅导员让他们先回去休息,可是谁都不肯离开。

又是一天过去,夕阳缓缓降落,铺满山林,渐渐地,暖阳不在,取而代之的便是晚间的凉意来袭。

"你说他们会不会已经……"方子染心里已经起了凉意,后面的话她怎么都说不出口。李文歆与沈晗两人紧紧地抱着她,如鲠在喉,却也说不出什么安慰的话。

夜幕降临,山林里清澈柔亮的月光洒落,静谧美好。搜寻人员轮班交换,也没了原先那般热闹,只有偶尔的几声狗吠穿破山林。

　　山的另一处，苗西西悠悠转醒，脑袋昏昏欲裂，浑身就像散架了一般，肚子也饿得慌。

　　苗西西稍作打量，三面漆黑，唯有不远处有斑斑亮光，那应该是出口，月光倾斜而下，丝丝缕缕地洒落在地面，映下斑驳交错的树影。竟是滚落到了山洞里吗？她暗叹一声倒霉。不过庆幸的是，身体好像……并无大碍。

　　苗西西正打算起身活动一下筋骨，却碰到了一个带温度的……活物。她慢慢摸索着，也渐渐适应了黑暗，借着外面的点点亮光发现苏树此刻竟像个木乃伊一般靠着山洞的石壁坐着，一声不吭，黑夜下的一双眼像是发着光，却没有丝毫情绪，仿若一片空洞。

　　她犹豫地伸手在他面前晃了晃，依旧纹丝不动，该不会……突地，晃动的手被他狠狠地抓在手心，面色沉重，却又欲言又止。

　　苏树早已醒来多时，醒来时，他发现自己的脑中竟然莫名地呈现出双重影像，一幕幕，如同放电影般快速滑过。当他冷静下来仔细回想时竟发现，多的那一重影像竟似全跟苗西西有关。

　　影像里的每一帧都像是他作为旁观者亲自参与了她的成长一般，清晰又触手可及。

　　"你五岁的时候是不是掉过一次水里？"苏树迫不及待地想要验证他脑海中的影像是不是真的，抓着她的手迫切地问道。

苗西西有点蒙："你怎么知道？"

"十三岁来的生理期？"

"呃，你怎么知道？"苗西西这下就不止是蒙了，而是傻了。

"十六岁的时候跟学长表白过？"

"你怎么知道？"

"然后表白失败了？"

"你怎么知道？"

"为此你还三天没吃饭。"

"……"

紧接着便是一阵哈哈大笑，笑声回荡在这寂静的山林里有些突兀的诡异。苗西西实在搞不懂他在笑什么，而且，他怎么会知道那么多她的事？

但是现在不是纠结这个的时候，她可没忘他们是从山上滚落下来的，现在也不知道到底是在什么鬼地方，所幸人都没大碍。

"你手机呢？"苗西西问，现在的关键还是得先出去再说，她的手机早已不知道掉在了哪里。

苏树收拾了下思路，有个可笑的想法在他脑海一闪而过，只是究竟如何还有待确定。他从口袋摸出手机，果然黑屏。

两人呜呼哀哉。

既然手机不能用了，那只能自己找出路了。两人一路借着月光往外走，山林寂静，月色迷人，偶有几声鸟叫，倒也没那么孤寂。

"你怎么知道我的那些事的？"

苗西西很是诧异苏树怎么会知道那么多关于她的事，而且都很正确。

苏树笑笑不答，却说了另外一件事："看来他们并没发现我们不见了。"

山林里安静得可怕，若是有人发现他们失踪的话按道理来说应该要到处搜寻才是，不至于这么寂寥。

可是，瞧现在的天色，不可能没人发现才对，苗西西估摸着时间说："现在应该凌晨两三点了吧。"而这个时间段最是安静。

苏树若有所思，继续往前走，两人刚出山洞口没多远，竟然听到了稀稀拉拉的狗吠。

"你听到了没？有狗吠，是不是警犬？"苗西西话音刚落，似乎又听到了方子染他们的声音，然后便是突然而至响彻深林的狗吠，渐行渐近。

苏树不禁纳闷，如果真有警犬的话他们不应该听不到呀。他若有所思地回头回望了一眼黑漆漆的山洞，脚步一顿，往回倒了几步，再次跨入山洞，狗吠声依旧清晰入耳，他的眉头不自觉地拧到了一块。

"怎么了？"苗西西问。

"汪汪汪……"

苏树来不及回答她，只见一条大黄狗扑腾狂吠着直面朝她扑来，苏树眼疾手快，一把拉过将她护在身后，而警犬则瞪着眼安静地坐在了他们面前。

2

"你说什么?"苗西西一脸不可思议地看着方子染,"你说我们失踪了两天一夜?我分明就睡了一觉啊。"这个世界是怎么了?

苏树伸手夺过陈遇的手机,看了眼时间,现在确实已经是他们掉下去后的第三天了。

"怎么回事?"

"大哥,你还问我怎么回事,我还想问你们怎么回事呢?这山里人喊狗叫的你们没听见?既然活着也不知道回应一声?"陈遇到现在仍有些心有余悸,这活不见人死不见尸的,现在虽是完好无损地出现了,可脑子却像坏掉了,时间都弄不清了。将世界搅得人仰马翻,而自己却不自知,陈遇对此只能以鼻孔嗤之,白眼翻之。

苏树越发觉得事情诡异,在心底默默地绕了无数个弯弯道道,最后却打定主意一笔带过:"我们一觉醒来就这样了,不过好像睡得有点久。"

这时,苗西西的肚子在旁边不合时宜地响了起来。

是真饿。

一行人问东问西,究根追底,但苗西西跟苏树的回答却惊人的一致,一律一问三不知。

下山后寻得一个餐厅,苗西西再也顾不得其他,先吃饱再说。狼吞虎咽之后,她满足地打了个饱嗝,想来人生的最大幸事便是"劫后余生,美食在前"吧。

苗西西没想到自己有一天不再是因为美色上新闻,而是因为失踪。

【都市日报：本月10日师大学生苗某与苏某在岳麓山上失踪，历经五十四个小时后于今日凌晨两点找到。】

苗西西此刻正哀怨地看着电脑一个劲地叹气，这下还真成名人了。只是她怎么都没想明白，自己怎么就突然掉下去了，怎么睡了一觉就过了五十四个小时，怎么就会听不到外面的搜救声呢？

诸多的疑问就像杂乱无章的毛线球，缠缠绕绕，牵扯不清，怎么都理不清个头绪来。

苗西西有些烦躁，想出去散散心，走着走着竟无意识地就到了图书馆楼下。烈日灼人，四面人来人往，熙熙攘攘，苗西西双手交叉挡在额头上，眯着眼从指缝间抬首看着那遒劲有力的"图书馆"三个字，闪闪泛着金光。

稍作停顿，她便跨步进了图书馆，径直上了三楼。

里外两个世界，馆外炎炎烈日，馆内凉爽舒适，来时出了一身汗，浑身黏糊糊的，进馆后没多久便已觉浑身舒服了不少。

三楼是社科类，苗西西几乎从不涉足，平时最多是去五楼和六楼。五楼文学类，六楼自习室，基本占不到位置，尤其是夏天，只是她没想到，三楼竟也是人满为患。

苗西西穿梭在书架之间，时而站立冥思，时而盯着某本书出神，以至于逛到最后一排都依旧两手空空。

"啊！"忽然有人从苗西西身边擦过，她被撞得磕在书架上，手臂也划破了。

对方连连道歉，苗西西却被突然瞄到的《宇宙简史》吸引了全部注意。她带着一股莫名的兴奋将书抽出，扫了眼全场，并没有空位置了，本打算蹲墙角得了，谁知竟有人起身抱书离座，她眼尖立马冲上前，绽放笑脸："嗨，你是要走了吗？"

对方点头离开，苗西西松了一口气，坐下后便开始啃书。这是她第一次看科普类的社科书，以前对宇宙、时空、黑洞、磁场这一类的书只觉敬畏，却不从真正接触，可当真的沉下心来看时，竟觉得一切都那么神奇而又神秘。

时间渐逝，馆内的人越来越少，冷气也有些上身，苗西西下意识地双手抱臂。

"呃？学长？"她抬首间竟发现苏树坐在对面，正低着头认真地在纸上画着什么，沙沙作响，旁边还放着一本翻开的《果壳中的宇宙》，这是霍金关于量子以及时间旅行的书，她有幸听过。

苏树并没有抬头，继续画着自己的东西。苗西西偷偷地凑过去瞄了一眼，很奇怪，竟全是些乱七八糟的线条。

"学长，你这画的啥？"苗西西盯了一会儿，实在没懂他画的什么，贱兮兮地小声问道。说是鬼画符吧，有辱苏哥哥的画技。说大作吧，又有辱大作这两个字。

"你看着像什么？"苏树停笔，抬头笑着问她，这一笑，太过雅痞，竟让苗西西晃了神。

其实早从她落座的那一刻起他便注意到了她，谁料她却对他视若无睹。

"嗯，呃，啊……"苗西西支吾了半天也没想出个啥来，把脑袋掏空了都没找到一个合适的词。

"鬼画符。"苏树轻笑出声,将画纸揉作一团,扔出一条完美的抛物线,最后落入垃圾桶内。

……

苗西西咧着嘴哭笑不得。

"你喜欢看这类书?"苏树见她的囧样也不再逗她,指了指她手里的书。

苗西西傻笑了几声:"哈哈,看不懂,不过学长,你说我们那天的事是不是很神奇?"她看了眼手里的书,神秘兮兮地小声道,"说不定我们掉到了一个小黑洞里,洞里的时间跟外面时间不接轨,有没有可能?"

"黑洞是个天体,进得去,出不来。"

"……"苗西西被自己的无知折服,"可是我还是觉得很奇怪哎,分明只是睡了一觉呀,怎么就过去了那么久呢?莫非是洞里的一天顶外面的两天?"

"你以为是天宫,还天上一天,地下一年呢?只是晕过去了,昏睡得有点久而已。"苏树即使同样满腹疑问,但他必须要打消苗西西的胡思乱想,虽然这件事着实有些诡异。

"天宫那是因为地球自转太快啦。"苗西西翻了个弱弱的白眼辩驳,又悄悄地凑近,"不过,晕倒昏睡个一天两天正常吗?"

苏树无声抚额:"嗯,正常。"

关于这件事,他思来想去,查阅各种资料,能做出的解释也就是有可能受磁场影响,也就是说他们当时所处的那个山洞与周边环境磁场不容,导致隔绝。不过现在他还并不确定什么,而至于他为什么会知道她的那些过去,莫非也是受磁场影响,然后干扰了脑电波……

但他记得当时再次返回山洞时依然听到了狗吠,根据霍尔式位移传感器的测量原理,磁场强度会沿磁场方向的改变而改变,也就是说,当他再次进去时,磁场方向已经发生了变化……

"……"好吧,你是学霸,你说了算,但苗西西内心仍存着疑问。

两人从图书馆出来的时候外面已然换了一番景色,月明星稀,微风轻袭,舒服惬意。苗西西的肚子也恰在这个时候发出愤怒。

苗西西尴尬地偷瞄一眼苏树,见他似乎并没有听到,整个人瞬间轻松不少,一本正经地假笑着:"学长,饿吗?要不一起去凑个单?"最近学校附近的诸葛烤鱼店做活动,消费满一百减三十。

"老大?"

苗西西还在贱兮兮地等着苏树的答复,身后便响起了比她还贱的声音。

"哟,学妹也在?"

"学长好。"苗西西乖巧地打招呼。

她对陈遇有印象,而且记忆尤深。当时她跟苏树从山洞出来,方子染见到活着的她,一个兴奋劲就直接朝她扑了过来,吓得她下意识地往苏树的方向避了避。而陈遇本来的动作也是要朝苏树扑来的,可不知为啥突然硬生生顿了脚步,哀怨地看着他们,而后不可置信般地指着他们道了一句"你们",便再无后文,引得众人遐想无限。

或许是他的动作表情太过到位,以至于众人全然忽视了他们劫后余生的命运,将更多的关注点都放在了她跟苏树在这两天一晚的时间里到底进展如何。

"你怎么在这儿?"苏树走前一步,将她挡在身后,隔开了陈遇略带探究的目光。

陈遇不怀好意地笑了笑:"我来图书馆嘛自然是看书的,倒是你们,啧啧,还借了一样的书?我怎么闻到了一股JQ的味道?"他瞅了瞅苏树手里的书,狐疑道,"怎么突然看起这类书了?"

原来苏哥哥也是首次看?她还以为他是黑洞迷呢。

"咕噜!"苗西西的肚子适时地发出抗议,而这次并没能幸运地盖过去,霎时只觉肩上一重,陈遇已经直接越过苏树,手搭在了她肩上。

"走,哥带你们吃好吃的去。"

陈遇一米九二的大高个,勾搭着一米五八的苗西西,苏树在后面看着怎么看怎么觉得刺眼,不动声色地上前将某人的魔手拿开。

苗西西顿觉肩上一轻,一回头,只见一个笑得风度翩翩,一个笑得诡异莫测。

关于选店进餐这件事,陈遇倒是与她不谋而合。

"今天你们只管敞开肚子吃,哥请客,也算是庆祝你们重生归来。"三人刚落座诸葛烤鱼,陈遇便撂下大话。

"学长你确定你是文学院的?"用词也太不当了吧,啥叫庆祝?啥叫重生?苗西西弱弱地问了一句。

"嗯，人家当年可是以第一名的成绩进来的。"苏树自发地帮她将碗筷洗净摆好，面色愉悦。

　　"真的？"苗西西满眼都写着不信二字，揶揄地打量着陈遇，可怎么看都不像是拿第一的人。

　　"那就看你怎么数了。"苏树弄完她的碗筷后又开始弄自己的，一句话说得轻飘飘地，惹得苗西西大笑不止，店里人少安静，空荡的空间里到处都是她的笑声。

　　陈遇哀怨的小眼瞅了瞅打趣得正欢的小两口，带着他那颗七零八落的心速向兄弟求救：诸葛烤鱼，速来，老大请客，还带了嫂子。

　　哼，且看苍天饶过谁！

3

　　这一晚，苗西西得幸于陈遇算是对围观二字有了新的人生感悟。

　　"老大，听说你请客？"

　　"老大，我们有嫂子了？"

　　"这么快就追到了？"

　　"哦？铁树开花了？开的什么花？"

　　……

　　本来安安静静的店里，瞬息之间从后面涌来无数嘈杂的声音，而这声音似乎是冲着他们来的。

　　苏树自然是不用回头就知道来的哪些人，不用想也知道这是陈遇的杰作，狠狠地朝他剜了一眼。

苗西西则是带着一脑门子的困惑回头,便瞧见了笑得贼精贼精的宁泽焘跟彭程。呃?好像还有……肖城学长也在?

"开的当然是院花咯。"苗西西这厢还没反应过来啥情况,就听见陈遇吼完这句后便速速跑离原座位,躲到那帮男生身后。

紧接着又是一阵哄笑。

苗西西虽自称脸皮厚过城墙,但是,也禁不起这等起哄呀。不过幸得她生性聪颖伶俐,立马乖巧地起身朝他们笑开:"学长,你们怎么来了?"

本来还在哄笑的男生们却在她问完后蓦地个个都噤声了,一个劲地憋着笑。

苗西西不解,却只听头顶不急不躁地悠悠传来一句:"憋着不难受吗?"

"不难受,不难受,不过老大,您今天怎么想起来要请客了?好幸福哦!"一长相粗狂、身材高大的男生尖着嗓子死皮赖脸地作势要贴过来,却被苏树直接推开老远。

苗西西一个没忍住,噗地笑出声来。真不是她没眼力见,着实是……你想啊,一个最起码有一米八的壮实粗狂男生,扭着水桶腰,掐着兰花指,带着风尘笑,尖着鸭公嗓,能不笑吗?

"这位客官,您生得美丽,气质又那么多情,小心我真的生气哦!"该男生左手叉腰,右手娇柔地向她一挥,娇媚酥骨。

苗西西止不住地大笑,世间怎会有如此逗的男生,好好玩啊。

苏树不动声色地将她护到身后："我室友，范祁。"侧身附耳跟她简单做了个介绍，后又朝他们道，"还挺会玩啊，来都来了，坐下一快吃吧，今天老三请客。"云淡风轻，谁也瞧不出他话里的波澜。

陈遇哀号不止，妥妥的自己挖坑自己埋啊。

"老大，不介绍下我吗？嫂子好像对我很感兴趣哎。"一群人陆续落座后，范祁就觍着脸皮求介绍。

"噗……"苗西西一口刚入口的茶差点直喷而出，她对他感兴趣？而且，她……什么时候成他们嫂子了？

"那个，我……"苗西西正准备为自己正名，稍作微弱地辩驳。

"苗西西。"谁知苏树却抢先开口，三个字，简单到了极致，可是怎么从他口里出来竟有种宣示主权的感觉？

苗西西偷偷地瞄了眼苏树，可偏偏苏哥哥神态自若，稳坐泰山。

"老大，是介绍我哎！"范祁哀怨。

"她应该对你没兴趣。"

吼，这一锤定音定得太早了吧！

"其实我还挺有兴趣的。"苗西西脑子一抽直接脱口而出，在座的诸位纷纷惊呆了。

口不择言，童言无忌，口误口误……苗西西在心里一个劲地哀悼，脸悄悄地转向苏树，可怜兮兮地看着他。苏哥哥，求原谅。

苏树抬手自然地摸摸她的脑袋："没事，他也不敢。"

苗西西缩了缩脑袋，呃？摸头啥的是不是太暧昧了点？

会让人误会的。奈何,敢怒不敢言。

而一群吃瓜群众为何皆是一副你开心就好的表情?苗西西崩溃。

幸得男生之间的话题如鬼畜风横行,不消一会儿便跑题了,而大家对她的关注也就淡化了。聊着聊着,苗西西竟也不自觉地融入其中,她不得不感叹,他们的思维相比之下要比她的空阔得多,上到国家政治、人文地理,下到娱乐八卦、社团杂事,皆能侃侃而谈,且颇有个人观点。

饭后一群人回寝,皆有些意犹未尽,路上依旧说个不停,苗西西夹在其中,兴致正高地跟着瞎乐呵,却突然被人扯住手臂。

"呃?怎么啦?"苗西西一脸蒙逼地扭头看着苏树。

"想去男寝?"苏树好整以暇地看着她,眼角藏笑,"我送你回去。"其实她知道回去的路……奈何,苏哥哥却已先她一步朝分岔路走去,而她堵在喉咙的话也来不及出声,只得乖乖地跟在后面亦步亦趋。

苏哥哥送她回寝?为何她总泛着一股躁动的不安?

"那个,学长,要不你跟他们先回去?"苗西西斟酌用词,言下之意便是无需君相送,君还是请回吧。

可俗话说:请神容易送神难。

而另一头,一群人有说有笑地走出很远才发现少了两人,于是又偷偷摸摸地原路返回,只瞧见苏树昂首挺胸走在前头,而苗西西却像个受气包小媳妇一般磨蹭着跟在后面,两人中间隔着一段不远不近的距离。

所以,苏树这是被嫌弃了?众人捂嘴狂笑。

"不要胡思乱想，好好休息。"两人一路无言地走到苗西西寝室楼下后，苏树突然转身说道，他怕她纠结在之前的问题里出不来。

苗西西还真是在胡思乱想，不过想的却是若是被室友发现她是被苏哥哥送回来的该如何解释。

苗西西止住脚步，抬头应一声"哦"，轻飘飘的，两眼迷茫，语气空洞："那，学长，我先上去了哈，您慢走。"说完一溜烟地便消失在他视野。

苏树站在楼下迟迟没有离开，恰好碰到苏苏从楼上蹦蹦跳跳地下来："哥，你怎么在这儿？"

"老沈让你明天回去吃饭。"苏树嘴角抽了抽，随便找了个理由搪塞过去，想他首次送女生回寝竟然是这般光景？莫名凄凉。

呵呵，还说欣赏他？喜欢他？

"怎么不打电话？"苏苏上前挽上他的胳膊，欢快地叽叽喳喳个没停，"老沈也真是的，老爸在学校分明有配房，为什么不住学校呢？害得我总被召唤，我又不是小神龙。"

"哥？想什么呢？你都没听我说话。"苏苏瘪嘴嘟囔，委屈极了，她这辛辛苦苦说了一大堆，可他连个回应都没有，唯有抱着他胳膊狂甩。

"要凑齐七次。"

"哥！"

"哎，你们说那个大一生科院的新一届院花跟咱们苏哥哥是什么关系呀，好像很亲密呢。"方子染趴在窗口琢磨半天了，她多想是那只胳膊，温香软玉在怀，娇言软语在侧，人生何求。

回应她的是一片寂寥，李文歆玩游戏玩得正嗨，根本无暇顾及，而苗西西一进门便蔫头搭耳地趴在桌上，想来是在想她的苏哥哥吧。

"对了，翠花，刚是苏哥哥送你回的吧？我可是瞧见了，有进展哦。"她可是趴窗台许久了，故事的一幕幕可皆是入了她的眼。

"荆轲，救我！"

"荆轲，你个坑货，打野比我重要？"

李文歆正在对着手机狂吼，估计是又丧命了，总之，苗西西从进寝室起，她已经吼了不下十遍，也就意味着她最少丧命了十次。

"打野。"轻轻浅浅的两个字轻飘飘地从手机里传来，对于她的怒吼丝毫不动容。

苗西西在心里默默地给"荆轲"点赞。

"关语音，关语音，玩个游戏都被强塞狗粮。"游戏里的声音断断续续的，还带着些杂音，估计网络不佳。

关闭语音，寝室瞬间安静了，李文歆一抬首便收到了两道强烈的注视，嘿嘿傻笑了两声："你们在说什么？"

"蚊子，我跟你入坑吧，求带。"苗西西一本正经。

方子染瞬间恶狠狠地瞪向她，那绝对是威胁。

苗西西胆向两边生，直接无视方子染的怒视，悄悄地蹭到李文歆床边："绝对不坑。"

"所以,你跟苏哥哥在一起了?"谁知李文歆竟突然转了风向,贼眯眯地盯着她。

还真是怕什么来什么,无奈之下,一鼓作气,再而衰,三而竭。

"没。"

"那他还送你回寝?"方子染不信。

"同学爱吧。"

"那他怎么不对我同学爱?"方子染将苗西西从头鄙视到脚。

"Too strong!"李文歆嘴快一不小心就溜出了嘴,为了避免惨遭毒手,只得抱着手机仓皇而逃,苗西西紧随其后。逃出生天的两人会心一笑,击掌庆祝。

"蚊子,你还真敢说。"

"嘴快嘴快。"

4

是夜,灯火通明,夜色阑珊。这是一座不夜城,里面住着不眠人。

"苗西西!"方子染突地一个僵尸挺身,双目狰狞,怒吼,"你丫的大晚上的吃什么泡面?"

虽已是凌晨过后,可607的几只生物依旧生机勃勃,而寝室泛起的浓浓泡面香味,让方子染的胃正在承受绞刑之痛。

"刚刚树洞更新了一万字,为了配合,我也要写个一万字的长评,所以,我得先吃饱。"苗西西吸溜吸溜地快速嗦了几口,随后便响起稀里哗啦的键盘声,恨得方子染牙痒痒,"而且,染染,减肥要减得有骨气!"

方子染恨得咬牙切齿却又奈何不得。

"染染,我就喜欢你这恨我又干不掉我的样子。"

这厢,陈遇像是发现了宝藏般:"老大,快看留言。"

"老大?"陈遇连叫两声他都没反应,狐疑地侧头看过去,便瞧见了诡异的一幕:苏树正襟危坐于桌前,双眼无神,表情呆愣,竟像没有意识一般,可嘴角却时扬时撇。

"苏树?"陈遇不死心地再叫了一声。

"什么?"苏树回神,双眼依旧迷茫,稍作调整后才清明了些。而他也不知道自己刚才怎么了,竟像灵魂在出窍。

"你没事?"陈遇始终觉得有些怪异,再三确认。

"嗯,你刚才说什么?"苏树摇了摇头,虽他也觉得有些异样,可他终究不是情绪外泄的人,再者,怪事也不是这一件两件了。

"哦,留言,你绝对想不到。"陈遇甩开脑子里那些乱哄哄的想法,兴高采烈地说,"我见过吐槽的,但是绝对没见过这么牛逼的,对你绝对是真爱。"

"翠花上酸菜?"不用想都知道是谁,这个ID一年前就冒出来了,一开始便来势汹汹。而他最近因为忙着论文,断更次数多了,架势更是难以抵挡。他更三千她吐三千,他更六千她吐六千,而且不重复、不刻意、不矫情,语言有趣,活生生地抢了他一大批粉丝。

"厉害了,这次目测最少一万字。"陈遇对她简直是心生膜拜,一个能把吐槽写得如此妙趣横生的人,不得不服,"果真是天下网友皆为深藏不露,真想认识认识。"

苏树刷着评论,不自觉间便已笑出了声,笑语间搭腔:"你认识她。"

陈遇可不敢自诩认识这么牛掰的人物:"谁?"

"苗西西。"三个字轻缓缓地从他口中吐出,清凉舒爽,好似唇齿间流转的薄荷糖味道。

陈遇惊呆在原地,简直不敢置信,"翠花上酸菜"那个语言犀利、脑洞奇大、行为奇葩,让他好奇得不得了的网友竟然是清甜娇俏的生科院院花?这颠覆……太大了吧。

不过,值得好好八卦。

"你怎么知道的?"陈遇顶着一张讨打的脸贱兮兮地凑到苏树的面前,笑得春光荡漾,以他的预感,这中间肯定有故事。

怎么知道的呢?如果说他拥有苗西西的所有记忆,陈遇信吗?苏树换了个解释:"哦,我加她了。"

苏树越是云淡风轻,陈遇就越是好奇:"然后呢?"

"被拒了……吧。"苏树嘴角挂着若有似无的浅笑,脑海中浮现出苗西西在接到他加好友请求时那慌乱无措,最后落荒而逃的样子,只觉心头一酥。

"哈哈哈哈……"陈遇那标志性的狂笑瞬间响彻整栋男宿,想他苏树以学校风云榜榜首嚣张了三载,没想到最后竟败在了小粉丝手里,光是想想就让人亢奋。

待陈遇冷静后,苏树将他加苗西西好友却被无视的事情经过大致说了一遍。

陈遇不可思议地瞪着苏树："果然是……大神风范，在下佩服！"

苏树嘴角抽了抽，却也没反驳。

陈遇觉得若是他不帮苏树一把都妄为兄弟，直接登录了苏树的Q，一上线，便发现"上吐下泻"群里已是沸腾到飞起，污力火车更是一路狂飙，而翠花竟然能跟一群污男齐飞。

果然是真人不露相，露相不真人，古人诚不欺我。

"听说你暗恋我？"苗西西正在群里跟一群伙伴打得火热，却突然收到树洞的私聊，吓得她浑身一颤。

"……的才华？"紧接着，又收到一条。

大神不是不在吗？她还特意看过的，头像都是灰的，怎么突然就冒出来了？那她的形象……已哭瞎。

"大神？"厌了一次不能厌两次，而且，是在调戏她吗？"是欣赏！！！"苗西西愤愤地连敲三个感叹号。

苏树即使隔着屏幕都能感受到她敲键盘时的狠劲，无奈地笑了笑，脑海中却已经不由自主浮现出了她狠敲键盘的画面。

好像他对她的记忆越来越清晰了……

这到底是怎么回事？苏树的思绪已经渐渐飘远，任由陈遇在那儿跟她天南海北地瞎聊。

红红火火恍恍惚惚的桃花运？

听说你很欣赏我

1

聊嗨的结果便是赐了她一对超级熊猫眼，可她今日好像还要参加学校辩论赛来着。

"苗西西？"宁泽焘远远地跟了一路，只见她一直低头走着，时不时地踢几下路边的小石子，到了大礼堂前可偏又不进去。

听到有人唤她，她才止了脚步，恰见宁泽焘悠闲地走过来，她疑惑："宁泽焘？你怎么在这儿？"

苗西西今日依旧一袭白色连衣长裙，裙子的长度已盖过脚踝，小脸粉黛未施，熊猫眼尤为抢镜，长发垂肩，衬得脸蛋更加小巧精致。姑娘虽生得动人，可他没忘之前的"反调戏"之仇。

"怎么不进去？"

"今天是你们体院跟文院的辩论赛吧？"苗西西总觉得今天怪怪的，脑中的记忆不断地提醒着她要来参加辩论赛，可她这都想了一路了，今天的比赛方是文院跟体院，生科院应是在后天才对。

苗西西一张小脸纠结到扭曲，宁泽焘伸手掐了掐她，然后自来熟地搭着她的肩往大礼堂走去："走，让你瞧瞧你的苏哥哥是如何臣服在我脚下的。"

哟呵，这豪情万丈的！苗西西"嘁"了一声，嗤之以鼻，顺带将他的爪子挪开。

"呵，你们体院有赢过的历史吗？"

"那是因为小爷不在。"宁泽焘信誓旦旦。

"你知道田忌赛马吗？"苗西西一本正经地问，眼神诚恳又真挚。

"什么意思？"

"意思呢，就是以上者对下者，以强者对弱者，能赢否？答案很显然哦。"苗西西说完还不忘朝宁泽焘唧瑟一下，"当然，期待值还是有的。"

宁泽焘被气得不轻，这姑娘，还真是嘴不饶人，虽说他们体院在辩论方面才华是输了点，但是被人这么瞧轻，委实憋屈。

"怎么？这还没上场呢就先尿了？"季辰、沈晗两人手挽手言笑晏晏地过来时，恰好瞧见了宁泽焘独吞委屈的小样，好不乐呵。

"放心，咱们输也不是这一次两次的事了，想开点。"

季辰语重心长地拍了拍他肩膀,然后潇洒进场。

一群灭自己威风长他人志气的家伙!"那是因为我宁小爷不在。"宁泽焘朝着季辰的背影狂吼。

季辰以背影对之,默默地挥了挥手。兄弟,保重。

"刚才肯定又栽西西手里了。"沈晗道。毕竟宁小爷都已经栽过一次了,再栽一次也无妨。刚才过来的时候就看到西西跟宁泽焘在对话,以苗西西的功力,宁小爷估计是弱了点。"哎,不过西西过来干吗?他们辩论组的不是要后天吗?"他有点奇怪。

"过来助阵的吧,今天苏树不是在吗?"季辰倒是觉得没什么奇怪的,可沈晗还是觉得奇怪,对于这种活动苗西西一向是不屑的。

苗西西在角落找了个位置坐下来,刚才的思维都被那家伙给打乱了,可当她再次沉下心来回忆时,确实又有这么段记忆,而且印象深刻:周一上午十点的辩论赛,请各位辩手准时到位。

时间、地点、事件,清清楚楚,可她就是想不起来这话谁说的,对当时的场景也颇为模糊,只是有个身影怎么那么像苏树?脑子越来越迷糊,思维越来越混沌,只觉大片大片的背影模糊闪过,可就是抓不住一人,人声嘈杂鼎沸,却听不清一句,直到最后,一切都归于安静。

"宁泽焘!"苗西西醒来的时候便瞧见了一张放大的脸,吓得她直往后倒。待瞧清对方是谁时,她真是气不打一处来。

可她怎么会突然就睡着了呢?抬手瞧了眼时间,竟然只过了五分钟？怎么感觉像是睡了好久？而且她脑海中的那些记忆到底是怎么回事？

"你跟苏树真在一起了？"宁泽焘突然问了个无厘头的问题。苗西西一愣，瞬间清醒，这又是哪儿来的梗？莫非还是上次饭后的后遗症？虽说她对苏哥哥是有点……觊觎。不过，对于美好的事物，都会让人心生觊觎的吧。

"你怎么在这儿？"苗西西不想跟他探讨这个问题，辩论赛就快开始了，就在她睡着的这几分钟里，礼堂里便已坐满了人，而她也发现她身上也莫名多了许多注视。

可宁泽焘偏像个得不到糖果的小孩一样，一直盯着她，看得她都发毛了。

"你知道圆周率吗？"苗西西问了一句，眉眼向上挑，娇俏可爱。

宁泽焘不再接她的话，已经被坑过一次了，指不定这次又有什么雷在等着他踩上去。

"意思呢，就是谣言是止不尽的。"苗西西觉得她有必要重新审视一下他的智商了，风云榜第十的位置未免待得太轻松了吧，"你赶紧上台吧，对方辩手都已经就座了。"

当她抬首看向台上时，不期然地与苏树的目光交汇，他眸光深远，嘴角轻扬，淡定得像个将军。而她，眼神躲闪，像个落荒而逃的小兵。

2

"各位老师、同学，大家上午好！我是本场辩论赛的主持人彭程，想来也是激动，这应该是我最后主持的一次辩论赛了，明年你们就该看不到我的身影了，所以今天在座的各位在膜拜各位辩手的风姿时也一定要附带一下我哈。"

随着主持人幽默的开场白响起，现场立时掌声如雷，苗西西也被拉回思绪。

"话说，最近IP剧挺火的呀，不知各位有没有追剧追到整晚不睡的。我呢，也有幸成为其中一员，而今天的辩论就与IP剧有关：IP剧的大热是否有益于影视行业的发展。

"辩论开始前，我先介绍一下担任本场辩论赛的评审委员……感谢各位评审委员。

"接下来是正反双方辩手。在我左手边的是正方辩手，体院代表队，他们所持观点是'IP剧的大热有益于影视行业的发展'，在我右手边的是反方辩手，文院代表队，他们所持观点是'IP剧的大热并没有促进影视的发展'。

"下面先有请正方辩手做自我介绍……"

让苗西西没有想到的是，宁泽焘跟苏树竟然都是四辩，她倒是很期待他们俩的总结陈词。而且，这个论题她也颇感兴趣。

现在IP剧几乎已经占据了大半个影视荧屏，各类剧的宣传动不动就是由某大IP改编而成，可若是真论到剧的成功与否，这就要看从哪方面立意了。

也许是这个论题太深入人心，又或是辩手的论辩太犀利，当辩论开始之初，整个大厅便鸦雀无声，众人都是屏气凝神，认真听讲，论到精彩处，大家都会不约而同地起身鼓掌，仿佛这不是一场辩论赛，更像是一场战斗。

在辩论赛中，正反双方一辩要先对论题进行立论驳论，论点要立得完善、稳固、全面、清晰，之后直接决定往下的辩论，所以一辩的论点必须稳准狠。

而二辩三辩为攻辩、质询，所以辩手一定要灵活、快速，且思维要开阔。

四辩为总结陈词者，对整场辩论做总结和提升，所以对全局的把控一定要到位，所以非常考验其语言组织能力和知识度。

此番苏树与宁泽焘皆为四辩，两大校园风云人物的对决，随着彭程一声"感谢双方的精彩辩论，接下来是辩论赛的总结陈词阶段"落地，瞬间点燃整场辩论的高潮。

"首先有请正方四辩做总结陈词，时间四分钟。"

宁泽焘缓缓而起，先向对手鞠躬，神情严肃："我先跟大家公布一组数据：2013年的大IP改编剧寥寥无几；2014年，小说IP改编的作品达到20个左右；2015年则达到40个，2016年有108个IP改编剧，而这仅仅只是量，若论份额，2016年的IP剧占了市场份额的71.7%，这组数据说明了什么？说明IP剧近几年在我国影视文化上都快占据了半壁江山。

"我们不得不承认的是，中国影视文化市场在之前一直是以抗战、家庭题材为主导，而IP剧的出现，将整个市场带向了年轻化、网络化、大众化……

"最后，IP剧它其实是将文字得以转化成画面最直接的方式，既然我们积累了这么多年，有这么多优秀的IP，为何不用呢？谢谢大家。"

思路开阔，条例清晰，陈述有条不紊；姿态不急不缓，不骄不躁；声音清澈嘹亮，字字落地有声，让苗西西看到了一个全然不同的宁小爷。

宁泽焘鞠躬谢幕，缓缓而坐，全场安静过后顿时掌声雷动，而苗西西也由衷地为他点赞。

"感谢正方四辩的精彩陈词，接下来有请反方四辩做最后陈词，时间四分钟。"

苏树在宁泽焘说完后依旧在记录着什么，待主持人话落下后他才收拾好桌面，起立，鞠躬："刚刚对方四辩的陈词很精彩，而且数据也很有说服力，那既然说到数据，我给大家说一组数据。2005年的《亮剑》，豆瓣评分8.9；2014年的《红色》，豆瓣评分9.2；2014年的《战长沙》，豆瓣评分9.1。2015年的《花千骨》，豆瓣评分6.1；2016年的《亲爱的翻译官》，豆瓣评分5.0，2016年的《幻城》，豆瓣评分3.0。那这组数据又说明了什么呢？IP确实是大IP，可是效果又如何？当然，并不否定也有少数优秀IP剧的存在，但是正如正方那组数据所言，如此井喷式的发展真的能促进市场发展？而不是在大量捞金？甚至是破坏了影视文化本身已经构架好的布局？

"……当然，IP能改编对书粉是种安慰，但，也请尊重观众，尊重市场。谢谢大家。"

苏树很聪明，也很讨巧，同样从数据着手，巧妙地引导舆论，引发大家的共鸣，很多论点都说到了听众的心坎里，而这，就是手段。

不可否认，苏树的思维足够敏捷，头脑转得够快，在逐一击破对方观点时立好自己的论点，顾全局，层次明了。

场上的掌声经久不息，一众叫好，但是苗西西却觉得，在这场比赛中，宁泽焘更胜一筹。毕竟光就论题而言，反方观点在观众心理层面上本就占了一定的优势。

而比赛结果，也正如苗西西所预料，反方为获胜方，而最佳辩手为正方四辩，宁泽焘。

"等下一起吃饭？"赛后，苏树直接朝她走来，还约她一起吃饭？还对她笑？这几个意思？

约还是不约？苗西西内心犹豫不决："那个，我……"

"翠花，请我吃饭。"在她犹豫间，宁泽焘突然冲到他们俩中间，理直气壮地道。

翠花？还叫得这么响亮？那她这名号岂不是要全校皆知？苗西西对准他的小腿丝毫不客气地狠狠一踢："凭什么？"

"小爷我输了。"宁泽焘疼得抱着脚乱窜，还不忘装委屈卖萌，就他这样的真真叫人想抽他一顿。

"我两只眼都看到了，宁小爷。"她又没瞎，又没聋，还能不知道他输了？不过虽说结果是输了，但是在场上的风采倒也并没输。

"所以，你得安慰我。"宁泽焘得寸进尺。

"你知道圆周运动吗？"苗西西翻白眼。

宁小爷摇头。

"她是让你做360度旋转，宁小爷。另外一个意思呢，就是让你圆润地离开。"沈晗一早就注意到这边的热闹了，走近一瞧，没想到中心人物竟然是自家翠花，这不，她好心出面化解,"走,妞,一起吃饭去。"

两女生勾肩搭背,跨着大步迈出他们的视线,而最亏的非季辰莫属,好好的女友,就这么直接抛下他,走了。

"大美女,今天的救命之恩小生来世一定报。"两人走远后,苗西西抱拳相谢。

"以身相许?"

校园林荫道两旁种了许多桂花树,一到花开,整个校园都沉醉在花香里,九月正值桂花飘香。沈晗站在桂花树下,笑得娇艳明媚,笑声伴着花香,沁人心脾,格外动人。

"那望你下一世能依旧如此美丽动人才好呀。"苗西西一脸傲娇。

两个女生清脆的笑声如精灵一般飘落在这香海中,久久不散。

因还没到下课的点,食堂里的人并不多,两人在食堂里穿梭来回,万般纠结下终于选定菜色。

"唉,突然想念高中了,每天就那么几个菜,哪有纠结的机会呀。"苗西西颇有些小感慨。师大的食堂是出了名的丰盛,味道又赞,最主要的是还便宜。

"别得了便宜还卖乖。"沈晗白了她一眼,从自己碗里夹了块鸡排给她。

苗西西礼尚往来,从自己碗里夹了块红烧排骨回礼,以便资源共享。

"话说你跟苏哥哥什么节奏?还有那个宁泽焘?都在追你?可以呀,这桃花运,红红火火呀。"沈晗真是有吃的都堵不住嘴。

苗西西将她从头鄙视到尾："还恍恍惚惚呢。"

"翠花。"苗西西跟沈晗聊得正欢的时候，宁泽焘突然而至，而且还将她翠花的名号叫得特别响亮，特别欢快。宁小爷暗想：哼，就你那小样，君子报仇，十年不晚。

苗西西无声地翻了个白眼，懒得理他，可偏偏某人一点都不识相，还非要在她旁边坐着，她往左一分，他便跟随往左一分。

"介意一起吗？"正在苗西西准备发作之时，一个温润的声音从她头顶落下，除了苏树还能有谁？

介意，非常十分极度介意。苗西西内心狂号，而事实上她能做的只有无奈地扯动嘴角来传递内心戏。

苏树也根本无须任何人同意就已经在她另一边坐下了。

左边……

右边……

苗西西哭笑不得，这难道就是传说中红红火火恍恍惚惚的桃花运吗？

而对面……

沈晗已经默默地笑得合不拢嘴了："那个，你们三位慢用，我先行一步。"

"嗯。"

"好。"

苏树与宁泽焘不约而同开口。

不好，很不好，沈晗你个叛徒。苗西西内心将沈晗从头骂到尾，再从尾骂到头，最后对着身边两尊大佛咧嘴苦笑，笑完默默吃饭。

3

"翠花,今天小爷我的表现如何?是不是虽败犹荣?"饭桌上,宁泽焘觍着脸皮问,还真是把无耻做到极致。虽败犹荣?好像有点侮辱这四个字。

"嗯,虽败犹荣。"

"那我呢?"苏树浅浅淡淡状似随意地问了一句。

传说中的苏哥哥不是不食人间烟火吗?可这问题怎么问得如此接地气呢?

"嗯,虽败犹荣。"苗西西想了下,给了同样的答案。

按道理,苏树拿下最佳辩手并非难事。

苏树浅笑着不经意地看了她一眼,她的侧脸很精致,鼻梁的弧度刚刚好,睫毛长度刚刚好,眼睛大小刚刚好,一切都生得刚刚好,好得只瞧一眼便入了他的镜。

她还很聪明。苏树如此想着。

"那个,我吃完了,先走了,你们慢慢吃。"这顿饭苗西西吃得食不知味,她最后决定还是三十六计走为上,若是再待下去,谁知道他们还会问出什么刁钻问题来。

而这次,难得默契的是两人都没有跟随,苗西西瞬间松了好大一口气。然而,这刚摆脱困窘,谁知又落入风言风语的网里。

"喏,那不是脚踏两条船的生科院院花吗?仗着自己有点姿色就这么狂妄,真是不要脸。"

她脚踏两条船？她不要脸？呵呵。

"对呀，看着挺清纯甜美的，可手段还真是使得溜，绿茶婊一个。"

她是绿茶？她手段使得溜？呵呵。

"苏哥哥可真是瞎眼，怎么会看上她，宁小爷也是。"

嗯，他们都瞎了眼。

苗西西心情复杂地回到寝室，光就从食堂到寝室的这一路，她可算是彻底体验了一把什么叫人言可畏。

沈晗立马瞧出她情绪不对，关心地问："怎么了？那两个人欺负你了？"

他们倒是没有欺负她，她只是莫名地有点难受："晗晗，我去实验室了，等下你让染染帮我带晚饭。"

苗西西有情绪的时候就更喜欢待实验室了，也不知道是什么时候养成的这习惯。

"又心情不好了？"肖城因为要准备毕业论文，大部分时间都待在实验室。

"没有'又'啦。"苗西西强装欢快。

"别装了，这实验室里的空气我比你熟悉，稍微有点变化我就能知道。"肖城笑。

"因为我来了，所以连带空气都变香了吗？"

"变香倒是没有，不过好像多了点少女怀春的气息。"

"师兄，你不厚道。"

肖城但笑不语。

苗西西趴在放着小白鼠的桌前，看着小白鼠发愣。

"苏树这人吧,表面看着挺温和,也挺好打交道的,其实很难靠近的,内心比谁都高傲,但是,人靠谱。"肖城一边忙活,一边絮絮叨叨,声音不大,刚好够她听见。

谁要靠近他啦!

"师兄!"

"你吧,平时挺二的,也大大咧咧的,怎么到这事上就怂了呢?"肖城是打心里觉得他俩还挺配的,也就自作主张多说了几句。

"师兄!"苗西西被说得都有些害臊了,扯着嗓子吼了一句。

"不说了,不说了,来人咯。"

"你怎么知道?"她怎么一点觉察都没有?她不信。

"空气的味道变咯,开始有点恋爱的酸臭味咯。"肖城说完便躲进了实验室的里间,他这牵线搭桥的也只能做到这个分上了。

"学长?"苗西西还没来得及消化肖城话里的含义,便见到俊朗的苏树站在门口。阳光越过走廊,柔和地洒落在他身上,苗西西脑海里此时只有一句话:一见苏树误终身。

略带惊讶而微微上扬的语调,就如春天刚刚萌芽的柳枝轻轻地挠动着他的心,痒痒的。

"嗯,刚没吃饱吧,给你带了点吃的,出去吃?"苏树扬了扬手里的袋子,而她竟真的鬼使神差地跟着出去了。

生科院的实验室是独立栋,坐落在山角,出了实验室,往左走一百米就有一座凉亭,因为这边有点偏,所以,人也较少。

苗西西倒是很喜欢来这里，尤其是夏天。

凉亭边有一汪清泉，水是从山顶流下来的，清甜冰凉，有时她还会带个水瓶过来打上一瓶回寝室。

凉亭往上，有一条蜿蜒曲折的石板小路，一直往上，可以到达山顶，就是这小路陡且窄，来爬的人也少。

"听肖城说这儿有个乘凉的好去处，他倒是没说谎。"苏树将买来的食物摆好，竟然是她喜欢的芒果千层，还有芒果牛奶。

他怎么知道的？苗西西有一瞬的出神，但很快收了回来。她说："嗯，来这边的大多都是我们生科院的，毕竟这边太远了。"

"嗯，是有点，都绕了大半个校园。"苏树笑得温和，山林偶有凉风袭来，舒服惬意。

肖城说苏树表面温和，可内里高傲，真是这样的吗？

"你在看我？"

"你想知道师兄对你的评价吗？"苗西西侧着头问。

"表面温和，内里高傲？"

"……"竟一字不差，"看来他说得挺对。"

苏树笑而不语。

"我能问你件事吗？"苗西西吃着芒果千层，竟然是她最喜欢的那家蛋糕店的味道。

"嗯。"

"你……这是在追我？"肖城说她贱，她倒是要为自己正下名，莫不然在他眼里还真成了贱蛋不成。

"我以为是你先追的我。"苏树一愣，片刻后，又笑得坦然。

"……"苗西西似受到惊吓，眼睛瞪得老大，她是做这种事的人吗？简直不敢置信。

苏树存了心想要逗她："上次活动的时候，你说你喜欢我啊。"

她说过她喜欢他？

哦，想起来了，当时她为了能跟苏树一组，所以跟宁小爷说她喜欢他，还望成全之类的话。

可是，他是怎么知道的？

难怪后来他突然问她"听说你喜欢我"，当时还觉得莫名其妙来着，原来，问题出在她身上。

"那你喜欢我吗？"苗西西腮帮一鼓，索性一不做二不休，打破沙锅问到底，这张脸要丢的话一次丢到底算了，反正这事也不止一次了。

苏树没想到她竟会这般直接，不过这倒是挺像她的风格，一如十六岁时的她。

"学长，你喜欢我吗？"那时，她还没留长发，像个假小子，在一个夏日的午后，将高她两届的学长直接堵在教室门口。

"哦，不喜欢吗，那好吧。"那学长还没反应过来，她却已自说自话地潇洒离开了。

苏树突然很想知道那个学长还记不记得曾有那么个女孩向他表白过。

苏树笑意盎然："所以，你这是在追我？"

苗西西暗忖,笑得真像只狐狸。

"我们在一起吧。"

声音真好听,温润清凉,带着丝丝笑意,自信却不张扬,淡淡的,一如春风拂面而过。

苗西西动心了,在这花香浓腻的季节里,在这青山绿水的见证下。

生活总是起起落落落落落落

听说你很欣赏我

1

"真的不一起吃饭?"林荫道上,桂花树下,男生宠溺地拿走落在女生头顶的桂花。

"我让染染帮我带了晚饭。"苗西西低着头,对于这刚刚建立的关系,她还有点不适应,"对了,你喜欢喝桂花酒吗?"苗西西闻着这浓腻到化不开的桂花香突然想到一件事,一抬首,便将自己落入了一汪深情似海的眸中,又速速逃离。

"嗯。"

"那我下周给你带点过来,我自己酿的。"

苗西西是个酿酒高手,药酒、桂花酒、葡萄酒、菊花酒、梅子酒、玫瑰酒、桃子酒、桃花酒、樱桃酒……各种时令酒她几乎都会。

"我家翠花还会酿酒呢?"苏树明知故问,他脑海中都能清晰地回忆起她酿酒的各种场面,而他喜欢看她欢欣雀跃的小模样。

"那是,本姑娘自带技能。"苗西西一脸傲娇,"我跟你说,我家里有个小酒窖,大苗说要存着等我出嫁喝。"大苗是她老爸。

"哦?"苏树声调上扬,透着小得意,"出嫁酒?"

苗西西丝毫不介意他的打趣,还颇为嘚瑟地点了点头:"嗯,自己动手,丰衣足食。"

"那我岂不是得了个贤惠多能的老婆?"

"谁是你老婆?"她还没同意呢。可反驳间通红的脸蛋已先行将她出卖。

苏树十分自然地捏了捏她的小脸,软软嫩嫩的,手感极好。他说:"我的老婆除了你不会是别人。"

情话十级。

苗西西被他逗得脸更红了。

"哥。"苏苏隔着老远就看到了自家哥哥在调戏美女,偷偷摸摸地瞧了会儿,没想到平日看着温润如玉的良家少年竟是个情话技能满级的boy。

果真,男人骨子里天生就是个浪漫家,如果你遇到的那个他还不够浪漫的话只因不是对的人。

"这是嫂嫂?"苏苏故意眨着大眼对苗西西放电。这姑娘,看着还挺眼熟。

"未来的。"苗西西很认真地强调了三个字。可说完之后她就后悔了，尤其是看到苏苏笑得前俯后仰的，更是找不到地方放脸了。

"苗西西。"苏树淡定地把她介绍给苏苏，"叫西西姐就行。"

"嫂嫂！"苏苏精灵古怪，偏不按套路走，亲昵地挽上苗西西的手，一口一个嫂嫂地唤着。

这二字分量太重，她如何受得起呀。可这话苗西西也只能在肚里稍稍诽谤一下而已。

"对了嫂嫂，刚刚听你说你们家有个酒窖？还是你自己酿的？下次回去的时候你能捎上我吗？我可喜欢喝了，但他们都不让我喝。"

这兄妹俩果真是一个德行。

"好。"苗西西讪讪地应下，她始终不太习惯与人太过亲密，试图将手抽出，可偏偏对方机警得很，她只好无奈地求助某人。

"苏苏。"苏树从后面将其拉住，"你先回去。"

苏哥哥，你这也太不委婉了吧。

"可我刚认识嫂嫂！"苏苏卖萌。

"我也是刚让她成为你嫂嫂的。"苏树表示，他也还没捂热呢。

苗西西哀号：请你们好歹也问问我的感受呀！

苏苏瞬间一副我甚了解的模样，将她放开交到苏树手里，朝她飞了个飞吻："嫂嫂，我很喜欢你哦。"

掌心的温度有些灼人，苗西西立马收回，苏树收掌不及,那抹温暖一溜烟从他掌心飞走。

"嘿嘿,你妹妹挺可爱的哈。"苗西西双手不断地搓着,尴尬地找着话题。

"那我呢?"

"啊?"

苗西西算是见识到了,苏哥哥原来是个醋坛子,居然连妹妹的醋都吃,为了力求公正,她只好模模糊糊地道:"呵,你也可爱。"

"老实交代。"苗西西刚准备踏进寝室门,就被方子染堵在了门口。

交代什么?苗西西一头雾水。

"你跟苏哥哥是不是在一起了?我瞧见你们牵手了。"

苗西西暗忖,染染这喜欢蹲窗口的习惯怎么就没改呢?

不过对于牵手这件事她有话要说,这手是苏哥哥偷偷地牵上来的,她想拒绝的时候他却一本正经地说牵手是恋爱的第一步。而她当时脑海里的想法是,接下来还会有第二步,第三步?

"嗯,在一起了吧。"苗西西想了想,给了方子染一个真诚脸,"还有,你不能叫他苏哥哥了,我的。"

沈晗一个没忍住,把刚喝下的一口水悉数喷出:"西西,好样的。"

"那大神什么时候请我们吃饭?"李文歆忙里偷闲地问了句。

请吃饭吗?可他们也才刚确定关系哎。

"过段时间吧。"

"那我的先进带动落后呢？"方子染比较在意这个。

"苏哥哥他们寝室有好几个呢，到时候我让他给你们介绍哈。"

晚上苏树给苗西西打电话的时候，苗西西就说起这事，没想到苏树竟然一口应下，说是顺便正式介绍她给室友认识。

正式……怎么现在她听到这两个字有点厌呢？

但是，这也算是对染染的一点回报吧。

"染染、晗晗、蚊子，苏哥哥后天请我们吃饭。"苗西西做汇报。

"吼！八连胜，姐直接上钻石了。"呵呵，一个玩游戏走火入魔的网瘾少女李文歆。

"能带家属吗？"呵呵，一个随时撒狗粮的少女沈晗。

"我要吃大餐！"呵呵，一个集合单身汪及吃货体质为一体的多功能少女方子染。

苗西西看着三人不同的反应，她表示："嗯嗯嗯，你们开心就好。"

翌日，苗西西是伴着花香醒来的，整个人神清气爽。

"西西，你家苏哥哥在楼下。"染染趴在窗口一边漱口，一边打报告。

看来，染染这蹲窗口的毛病是真的改不掉了，罢了，罢了，就让她安安静静地当个情报员也挺好。

可是，他竟然这么早就来了？她还没起呢？而且怎么连个电话都没打？该不会在下面等许久了吧？

苗西西也顾不上收拾自己，连爬带滚地凑到窗台往下看，果真，那遗世独立的风姿，除了她家苏哥哥还能有谁？

苏树恰好抬头，却只看到了一个渐渐隐去的影子。

苗西西快速将自己收拾妥当，风风火火地便往楼下跑。

"嫂嫂？"遇见谁不好，非得遇见这小祖宗。苗西西住在六楼，苏苏住在三楼，好巧。

"嗨，早上好。"苗西西朝苏苏莞尔一笑。

"嫂嫂是下去与我哥私会吗？"小姑娘笑得天真纯良。

私会？

私……会……

苗西西满脑子瞬间被这两个字填充。

哥哥是文学院高才生，父亲是大学教授，母亲是主编，姑娘，你这语言才华对得起你家各位英才吗？

苗西西笑得很无奈："我们只是鹊桥相会而已。"

"哦，我以为鹊桥相会就是私会……"苏苏嘟囔着。

苗西西抚额，这姑娘……

"遇见苏苏了？"见苗西西从女寝出来，苏树站在树下笑着等她走近，见她一脸狐疑便说，"那丫头刚才趴在窗台上看见我了，我想着应该会去堵你的，她没说什么吧？"果然，有神一样的哥哥，也就不怪为何会有神一般的妹妹了。

苗西西摇头，苏苏说倒是没说什么，只是稍微刷新了一下她的认知罢了。

"怎么这么早就过来了？也没给我打电话？若不是染染

告诉我,我都不知道你在下面。"苗西西碎碎念着,眼睛锐利地扫到他提着的袋子,"早餐吗?"

"嗯,德政园的大肉包跟小米粥。"苏树将袋子给她。

苗西西很是奇怪,总觉得苏哥哥对她很是熟悉,她喜欢吃什么,什么口味的,好像他都清楚,比染染还清楚。

就好比,染染就不清楚她喜欢德政园的大肉包。当然,这其中很大一部分原因是她几乎很少吃早餐。

"怎么这么多?"苗西西打开袋子一瞧,好家伙,大肉包的肉香,光是闻着就充满了诱惑。

"顺便给她们买的,贿赂贿赂。"

苗西西突然想到沈晗曾说过的一句话:如果一个男人愿意贿赂你身边的人,那他一定很喜欢你。

所以,苏哥哥是真的很喜欢她?

"谢谢。"苗西西难得矫情了一番。

苏树温柔地揉了揉她的脑瓜子:"赶紧上去,等下冷了就不好吃了。"

"嗯嗯。"

"等下吃完去图书馆找我。"

"为啥?"

"明天生科院对战文院的辩论赛,忘了?"

他不提,她还真快忘了这一茬,这两天简直跟坐过山车一样。

"莫非你想从我这儿走后门?"

"我想让你走我的后门。"

2

生科院对战文院的辩论赛，论题为生之恩是否重于养之恩。对于这场辩论赛，苗西西其实还是有些把握的。

可若是她跟苏树对决的话……竟莫名生了一份期待。

苗西西到图书馆的时候，苏树竟在看她之前看的《宇宙简史》。她问："还在想之前的事？"

虽然她也好奇，但是，对于她这种昨日事昨日忘的人，脑子里是装不下这么多东西的。

"你来了？"苏树并没有回答她的问题，示意她坐里面的位置，"你们的论点、论据、论证都准备好了吗？"

苗西西点了点头，狐疑地看向苏树，他这莫非是要套她的话？

而她这点小情绪又怎能逃过苏树的眼。

"这是什么？"

苏树递给她一张纸，她一条一条地看下来，全程傻眼，这不是他们生科院准备好的辩论赛材料吗？苏哥哥怎么知道的？而且一条不落。而最主要的是，每一条他都做了备注，进行事实或数据的佐证扩展，使其更具说服力。

"你怎么知道的？"苗西西简直无法置信，就算是她自己写，也不会这么有条不紊，而且她也没有这么宽的见识和这么严谨的思维。

"这件事我以后再跟你说，但是内容只有我知道，而我是一辩，不会对你们造成影响的。而你现在需要做的就是把这个进行自我吸收和扩展，你是四辩，要能掌控全局，机敏应变，还要分析对方的思路，并且不能弱了气势，甚至可以煽动气氛。"两人视眼交汇，彼此心意相通。苗西西也从最初的震惊到慢慢平静下来体会他话里的深意。

"对了，你可以借助周立波道德绑架女生认亲事件进行反面论证，这个比较有说服力。"

苗西西呆呆地点了点头，这样的苏哥哥真的很有魅力哎，自信、聪慧、果决、利落。

"还有，你们要时刻提防我们二辩的思维，他经常能将人带跑，提的问题看似有些风马牛不相及，但是他却总能说出一套自己的说辞，最诡异的是三辩还能跟他遥相呼应，所以，他们会是你们最大的对手。至于四辩，跟你比，不相上下，不过他路子比你野，且幽默风趣，所以，你要做的是以精细取胜。"苏树侃侃而谈。

苗西西单手托着下巴，听得聚精会神。

"苏哥哥，你这么透露自家底细真的好吗？而且，你为什么不是四辩？"她还想跟他过招呢。

"没事，人才从来都经得起考验。"他这到底是对他队友有多自信？苗西西以前只听闻文院的辩论赛从无失手，却从未真正领教过，没想到这次竟然就来了机会，"至于四辩，我知道了你们的内容，若是再做四辩就不太合适了。"

"我还想跟你PK一下的呢。"苗西西小声嘟囔着，怎么着她也算是吐槽界的小能手呀。

"要不你还是做四辩吧，你就当不知道就行了。"苗西西灵光一闪，"你不是说人才都经得起考验吗？"

这对苏树来说可不是个小考验，简直比周伯通的左右互搏还难。

"真想跟我PK？"

苗西西点头如捣蒜："嗯嗯，想。"

苏树想了想，最终还是应下。若他想要不漏痕迹那就要推翻之前所有的辩词，且过滤掉脑海中苗西西有关这次辩论的记忆，这是个不小的挑战。

第二天，辩论赛准时开始，两方辩手针锋相对，气氛激烈，到攻辩环节时更是将气氛推向高潮。

对方二辩正如苏树所言，着实诡异多才，她方辩手必须高度精神紧绷，才能不入套。

攻辩环节结束，问答都很精彩，也论不上谁输谁赢。

最后的总结陈词，苗西西先。

"我看过一档周立波主播的综艺节目，其中有一期是周立波道德绑架一名女生认亲，当时我就甚觉唏嘘，一个连自己十月怀胎的孩子都能抛弃的父母真的有资格做父母？而女孩不愿意认亲，就是没有道德，不孝顺？若是没有养父母的养育，女孩能活着？若是没有养父母的教育，能为社会创造价值？如果光生不养，那跟禽兽有什么区别呢？哦，不对，动物都知道生而养之……最后，谢谢大家。"

台下观众起立鼓掌，大声叫好。

苏树跟她说，由细微取胜，甚至可以煽动气氛，她想，她都做到了。

苗西西朝苏树微微一笑，一切尽在不言中。

"完了完了，这两人太放肆，公众场合大屠狗呀。"瞧着某人一脸娇羞样，方子染大喊不服。

沈晗与李文歆同时朝她翻了一个白眼,好好观看比赛不行吗?俗,庸俗。

苏树嘴角轻轻上扬:"首先谢谢对方辩手给我们带来如此精彩的辩论,谢谢。其实,不知道大家还记不记得……"

"不知大家还记不记得以前学过的一篇课文,《敬畏生命》,生命,先有生才有命……"苗西西跟着苏树一起说出声来,"那如果没有命,哪儿来的养呢?对方刚才的陈述里在强调养的价值的同时,却忽略了人类生与养的最原始问题,在注重创造价值的同时却忽略了是生才让人之所以成为人,再来完成人的人生价值……"

怎么会?她怎么会知道苏树要说的每一句话,而且一字不差?就如本身就存在她的脑海一般,这到底是怎么了?为什么会这样?为什么?

"西西……"正在辩论的苏树突然声嘶力竭地大喊一声,麦发出刺耳的噪声,穿透整个大厅,震得耳膜发颤,现场瞬间乱作一团。

苗西西随着他的呼喊应声倒地。

苏树狂奔过去,抱起她便往医务室冲,方子染几个也紧随其后。

"怎么会这样?"医务室外,方子染也急得团团乱转,"西西身体一向很好的,怎么会突然晕倒呢?"

苏树靠墙而立,神色凝重,他在她晕倒前感知到了她的异样,而且,她好像也有了他的一些记忆。

这到底是怎么一回事?如果说他拥有了她的记忆,有可能是磁场干扰,可是如果她也有了他的记忆的话呢?

"医生，她怎么样了？"见医生出来，方子染立马冲上前焦急地问，"该不会是什么绝症之类的吧？"

沈晗过来对着方子染就是一脚。

医生笑笑，瞧着这群年纪正好的孩子："你们这群孩子戏怎么这么多？只是因高度紧张引起痉挛而造成短暂性的晕倒，已经醒了，问题不大。"

"没问题就好，没问题就好。"方子染连连拍着胸脯，以此来缓解自己的紧张。

"戏多。"李文歆嘲笑了方子染一句，便先进了病房，却瞧见苗西西两眼放空地盯着天花板，脸色苍白，有点瘆得慌。她嬉笑着试图缓解一下气氛，"你怎么就突然晕倒了？还高度紧张？"

"苏树呢？"苗西西现在有问题急需问清楚。

"哦，在外面呢。大神，你家翠花找你。"李文歆朝着外面喊了一句，便退出了病房，她察觉到了，有诡异。

"感觉怎么样？"苏树在苗西西旁边坐下，温柔地笑着逗她，"怎么就紧张上了呢？"

"这到底是怎么回事？你知道的对吗？我想了想，从我们出山洞就有些诡异了，当时你我分明素不相识，你竟能准确无误地说出我的事，后来又知道我喜欢吃什么，什么口味的，好像都一清二楚，再后来，你还知道我所有的辩论素材，你不会告诉我这是巧合吧？而我刚刚在台上突然就像受了某种感应一样，居然能知道你所说的每一句话……"苗西西情绪有些激动，越说音调越高，脸蛋被憋得通红，胸脯一起一伏的。

苏树安抚了下她，缓缓说："你家大苗给你挖的酒窖在你奶奶家的后院里，而你最喜欢的是桃子酒，所以你奶奶家后院种了很多桃树，你后背有一道伤疤，就是第一次酿酒爬树摘桃子摔的……"

这些他怎么会知道？苗西西惊恐得呆若木鸡，她后背的伤疤除了奶奶，爸妈都不知道，他怎么会知道的？

"怎么会……"苗西西喃喃自语着，这一切简直是天方夜谭。

"我有你全部的记忆。"最后，苏树轻轻说了一句。

他有她的全部记忆。

全部记忆……

记忆……

这让她怎么接受？

"那我……"苗西西讷讷着，"也会有你的？"可是，在这之前，她并没有关于他的记忆。

苏树摇了摇头，他不知道。她的记忆他在从山洞醒来的时候就有了，可她好像并没有他的。

这事太不可思议了。

"你刚才说你有我的全部记忆？"苗西西后知后觉地突然想起另外一件事，若是他真的有她全部的记忆，那她那么多糗事，他岂不是都一清二楚？那她的形象，还有挽救的可能吗？

苏树像是看穿她所想一般，揉了揉她的脑瓜子。

"放心，你的那些糗事我不会张扬。"他顿了下，"我只会收藏起来，自己慢慢乐呵。"

收藏起来乐呵？呵呵，开心就好。苗西西从没想过自己的人生有一天会被人用来当作笑料。

3

苗西西连续在图书馆待了三天，可事情毫无进展，也没有找到任何的突破口，在方子染都开始嘲笑她学渣装逼后，她选择放弃，转战网络，奔向树洞的怀抱。

可谁知，大神竟然一直都没更新，不过好像有离线消息进来："翠花，有没有想法做兼职网络编辑？"

编辑吗？

"不了，谢谢大神。"对方头像是灰的，应该不在线。

"为什么呢？"谁知道她刚发过去就收到大神秒回。

"我只看我喜欢看的，编辑太博爱了。/斜眼笑"

对面正在用苏树小号聊得正欢的陈遇看着这段话笑得肚子都痛了。

"博爱？/斜眼笑"陈遇是一手捂着肚子，一手打字。

"大神赶紧码字吧，别水群了。"苗西西现在没啥聊天的欲望，随便扯了几句便下线了。

破事一堆，弄得她跟偶像聊天的兴致都没了，她趴在桌子上兴致怏怏。

"你这几天怎么了？还没恢复过来呢？"沈晗在旁边翻箱倒柜，也不知道在找什么。

"你找什么呢？"苗西西没回她，问了一句。

"情侣篮球服，明天季辰有篮球赛。"翻了半天，也不知道她从哪个角落翻了一件有些年月的篮球服出来，丑了吧唧的，"对了，跟文院篮球队的。"

嗯，这事苏树跟她说过。

九月是学校社团活动的高峰期，苗西西这边的辩论赛还没落幕，各院篮球队也开始预赛了。

哦，对了，上次文院跟生科院的辩论赛因为苏树的中途弃权，毫无疑问，生科院胜，而且苗西西竟然还莫名其妙地拿了个最佳辩手。

真是受之有愧。

不过，也正如染染所说，大神为了救老婆，放弃一个最佳辩手，也不算什么大付出。如此想来，便也消了大半的负罪感。

李文歆说方子染是颗毒药，此言差矣，分明是解药。

也因生科院胜了文院，所以接下来的辩论便是生科院对阵外院，时间安排在一周之后。

而这一周最为盛大的景观便是体院对文院的篮球赛了。

上周的辩论赛，体院输了，想来这次篮球赛，体院是铆足了劲定是要争个赢吧。

既然是盛景，那自然是要瞧上一瞧，可惜，总有凑巧。

"染染，你先去吧，帮我占个头排座位，我'大姨妈'来了。"

"女人就是麻烦。"方子染朝着洗手间啐了一句。

苗西西暗笑，女人何苦为难女人呢？

"西西呢？"沈晗早已占好了位置，她可是自家男票的铁杆粉丝,为此还特意穿上了情侣篮球服,"对了,刚才季辰还给了我一件篮球服,好像是跟大神一样的数字。"

方子染此刻只有一句话想说:我等的狗,它在多远的未来。这年头,只要是个单身汪,感情谁都能随时捅上一刀,她方子染第一个表示不服。

"血崩了。"方子染哼了一声后便开始在球场寻找她的那只汪。

"染染,其实吧,这种事你应该早就习惯了的,你看蚊子,手机就是真爱,游戏就是小三,在真爱跟小三之间畅游,一点都不屑我们这种人间烟火。"

李文歆此时打游戏打得正欢,根本就没听到沈晗到底说的什么。倒是方子染,豁然开朗:"我好像找到我的真爱了,那个7号,我的菜。"

沈晗顺着她指的方向看过去,7号,正如7这个数字一样,又瘦又高,像根竹竿一样杵在那里。原来,染染喜欢这一款,不过两人光就体型来说还挺配的。

"咦,翠花呢?"宁小爷朝她们这边瞅了半天了,就是没瞧见苗西西的影子,他今日定是要杀一杀苏树的威风,让苏树好好见识见识他的厉害。

宁泽焘这边刚问完,苗西西就拖着软疲的身子懒洋洋地过来了。

"什么状态?"宁泽焘自来熟地嘘寒问暖。

苗西西不着痕迹地远离了一点:"宁小爷,您今儿个别输得太惨哈。"

"那是,要是今儿个体院还输给文院,小爷我名字倒着写。"宁泽焘信誓旦旦。

辩论赛体院输给文院还说得过去,若是篮球赛也输了,那就真没脸混了。

也是,体院有季辰那尊大佛坐镇,不赢都难。想当年,季辰也是有机会进国家篮球队的人。

"不舒服的话就不要来了呀,病恹恹的。"沈晗将手里的篮球服递给她,"这跟苏树的是一对。"

苗西西接过直接套在外面,软绵绵地倒在方子染身上。

苏树换好衣服出来,便瞧见了倒在方子染怀里的苗西西,身上还穿着与他一致的篮球服。

"怎么了?哪儿不舒服?"苏树跟队友招呼了一声便直接朝她走来,又是亲切询问又是摸额头探体温的。

"没事,等你打完比赛我回去睡一觉就好了。"苗西西有气无力,其实她来"姨妈"平时都没反应的,也不知道这次怎么了,浑身没劲。

"我还是先送你回去吧。"苏树看着她这样子心疼得不得了。

"我真没事,等下我还要给你加油,给你送水呢,这可是我第一次,你不能不要吧。"苗西西强打起精神,露出个笑脸。

"真没事?"苏树还是觉得有些不放心,在得到苗西西再三确认后才离开。可是没过一会儿,他又拿着个保温杯过来了,"我让苏苏送了红糖水过来,你喝点。"

苗西西脸瞬间羞得通红。

"苏苏每次都会这样,所以我猜你也是,先喝着。"苏树附在她耳边悄悄地说着，暖暖的气息呵在她的耳边，滚烫滚烫的。

他都这么说了，她能说什么呢？头低得都快触地了。

哨声已经吹响，苏树趁她低着头时轻轻地在她脸颊快速落下一吻。

"你的所有第一次我都要。"他笑得像个偷了腥的猫。

流氓！苗西西气得整个人都不好了。

上半场，两方悬殊并不大，显然，双方都是采取后进发力的方案，但是相比之下，体院的优势还是很明显的，不管是在体力还是技术上。

中场休息，苗西西本来是打算要给他去送水的，可谁知他却直接忽视那些为他呐喊的女生朝着她跑过来，将头凑到她面前，像极了一只傲娇求抚摸的猫咪。

苗西西还真伸手理了理他的头发，像梳理猫咪毛发那般："乖。"

全场爆笑。

苏树脸色黑沉，直接在她身上蹭了几下。

"干吗？"苗西西莫名其妙。

"擦汗。"

哦，原来刚才那动作不是求抚摸，而是求擦汗。

"哦，水。"苗西西想起他要喝水，便随手将手里的保温杯递给了他，可递出去好久都没人接，一瞧，这才发现递错了，又立马将旁边的矿泉水给他。

"我可没那功能。"苏树仰头咕隆咕隆地喝了几口后将水递还给她，还不忘取笑她一番，"好点了没？"

"嗯。"

苏树下意识地伸手想要去摸摸她脑袋，可到半路又想起自己手是脏的，便直接改为偷香一个。苗西西娇羞难掩，她想，这下她该是全校女生的公敌了吧。

对于两人这肆无忌惮地秀着恩爱，方子染表示她已经不能忍了，所以，她要给7号去送水。

"染染干吗去？"苗西西问李文歆。

"什么7号吧。"

李文歆之前听方子染在说着什么7号来着。

7号？果然，染染直接穿越人群冲向7号。

苗西西突然就想到了一句话：我穿越人群只为拥抱你。想着想着莫名地又笑了。

所以，染染的春天要来了吗？

4

如果说上半场只是热身赛的话，下半场的比赛就明显要激烈许多，攻势也更为猛烈。矫健的进击、利落的起跳、帅气的投篮，一切水到渠成。苗西西看得浑身热血沸腾，跟着他们一起为之加油呐喊。

"苏树，苏树……"人群中，苏树粉丝叫得最为卖力，不过宁泽焘的人气也不输。

哨声落地，苏树与季辰同时起跳，右手同时使劲一拍，季辰率先抢得先机，篮球滑出一条优美的弧线，宁泽焘与之配合默契，篮球在他的手中运过，苏树这边全面出击进行花式围追堵截。

7号锁定宁泽焘紧紧控制住他，宁泽焘一个巧妙的胯下运球之后，将球以极低的姿态传给队友，队友再将其传给季辰，季辰接到球后，左闪右避，一个三步上篮，眼瞅着球即将入框，7号猛然发力，直奔篮筐下，想将球顶出，却不料季辰反弹，一跃而起，直接给他来了盖帽。

时间仿佛在这一刻停止，直到篮球落地，发出"嘭"的一声响。

体院进得一球，场上欢呼声不断，而场上的运动员们似乎并不受影响，继续比赛。

分数渐渐地拉开，上半场结束时，差距还只有三分，可是到现在，下半场已经过去了两小节，分数差距却已经拉成了七分。

整场比赛只剩最后两小节，也就是二十四分钟，如果想要在这二十四分钟里，反败为胜或者追平分数，还是有点悬念的。

第三小节比赛开始，文院的选手个个都如狼似虎，甚至有了生扑硬抢的架势。这不，刚开始没多久，就因为有人犯规被叫停，苏树指定7号进行罚球。

场上气氛再次绷紧，球场外的粉丝也都屏气凝神。

7号拿着球拍了几下后一个起跳，篮球从他手中飞出，随着篮球落地，并没有如愿进球。

一个罚球的失误并不能影响球赛的继续，大家相互击掌，鼓舞一番士气之后再次投入比赛。

"翠花，你说你家苏哥哥会不会输呀，现在这分数有点悬，按照体院的架势，要追平分数估计有点难度。"染染在一旁给她分析战局。

苗西西给了她一个还用你说的犀利眼神："你们体院赢了他们文院，也没啥好稀奇的，倒是如果文院出其不意赢了体院，那你们的脸就没地搁咯。"

"不是还有女生篮球赛嘛。"染染不以为意，友谊第一，比赛第二。

场上的比赛如火如荼，苏树、季辰、宁泽焘、7号，他们可都是有粉丝的人，场下的人为他们不断地呐喊。看着他们在场上奔跑的背影，一个个矫健活跃，挥洒汗水，他们有着如朝阳般的斗志。

最后一小节赛，文院这边稍稍有了些焦躁，却依旧斗志昂扬。

苏树放慢步伐，拍拍他们的肩膀，给予鼓励。

"抢到球了，快，传球……"显然场下的观众要比场上的选手还激动，不停地喊着。

7号抢得一球，季辰立马进行围挡，面对季辰犹如大猩猩铜墙般的防守，7号选择漠视，完美地进行运球，一个出其不意，将球传给苏树，苏树接到球后一个巧妙的转身，将球轻轻一抛，篮球便在他的掌控之下，落入篮筐，三分，完美！

场上场下欢呼声一片，7号眼里也露出自信张扬的笑。因苏树的进球，给了文院选手一大信心，打起来更加带劲，跑起来都像带了风。

民心奋勇，所向披靡，当机会再次到来时，苏树毫不惧怕，用自己强壮的身体、敏捷的身手从对方选手手里夺过篮球，疾行几步，起身一跃对着篮筐狠狠暴扣，一个战斧式劈扣完虐对方。

"哇……"

完美！

苏树手舞足蹈，兴奋得像个孩子，掀起球衣，亲了亲上面的数字，张扬帅气。24，那是他最喜欢的NBA明星科比的球衣数字。

他朝苗西西所在的位置准确无误地看去，两人隔着人山人海，相视一笑。

最后，球赛的结果为双方分数持平，打成平手！

苗西西狂奔而下，跨过汹涌的人群，准备给他她的第一次拥抱。

然而，这个拥抱并没得以实现，也不知从哪儿而降的篮球直接砸在了苗西西的头上，然后，她华丽丽地再次晕了。

晕倒前，她好像还听到了宁泽焘呼啸而来的喊声。

以他之姓冠我之名

听说你很欣赏我

1

苗西西怎么都没想到，自己竟会接二连三地进医务室。

幸福虽是总在不经意的时候降临，可，说不定伴随而来的还有灾难。

医务室外，宁泽焘与苏树两两对立。

"对不起。"宁泽焘道歉，若不是他泄愤将球奋力砸地，也不会反弹砸到她。他倒是挺男子汉，敢作敢当。

"等下你自己跟她说。"苏树全程黑沉着脸，怒意明显可见，对于宁泽焘的道歉，他不接受。

"医生，怎样了？"宁泽焘见到医生出来了，急忙上前询问。

医生笑了笑:"这姑娘倒是跟这医务室挺有缘的,都来几次了,问题不大,就是有点体虚,休息一下就好了。"

"那就好,那就好。"宁泽焘听完结果鲁莽地往里冲,"翠花,咋样了?"

"拜您所赐,估计在医生那里都留名了。"苗西西有气无力,谁说被篮球砸没事来着?

"对不起哈。"宁小爷乖乖道歉。

"宁小爷都道歉了,我再计较岂不是显得太小气了?"其实对于宁泽焘,越接触,就越发现其实还挺可爱的,说到底,就是个没长大的大男孩。

苗西西瞅见苏树黑着脸进来,立马朝他展露笑颜:"嘿嘿,苏哥哥。"

"还笑。"苏树沉着脸。

"其实我想哭来着,可是好像天生泪腺不发达。"苗西西傻笑着,其实若不是今天日子不对,她应该不至于晕倒吧。

苏树见她还能开玩笑,也就放心不少,不过对宁泽焘还是没好脸色。因其他人之后还有课,最后也就剩苏树在这儿陪着。

"苏哥哥,你是不是对我一见钟情?"待所有人走后,苗西西突然贼兮兮地凑到他面前颇为得意地问道。

瞧着苏树不明就里的模样,苗西西一番嘚瑟:"我刚进大一时,你是不是就看上我了?"

"所以,还是你追的我。"这个谁追谁的问题,还是很重要的。

话虽不假，可她怎么知道的？

苗西西就喜欢看他这一脸无能为力的样子，继续放大招："六岁了居然还尿床，见着女生就脸红，在家没地位，是不是呀，大苏……"她特意拖长尾音。

她刚醒时头晕晕乎乎的，脑子里突然冒出许多模糊不清的画面，既陌生又熟悉，仔细回想时，竟然都有苏树的身影，联想起他之前说的诡异事件，却也能想个明白。

只是让她没想到的是，在学校被人膜拜的苏树，童年怎一个悲催了得？

苏树诧异过后随即明了："大苏是我妈嫌取名太麻烦，随便叫了一个。苏苏的名字也是我妈随便叫的。"

苗西西默默点头："嗯，挺随便的。"想来阿姨也是个奇葩人物，"不过，我们现在是……什么，现象？"

"记忆共享？"苏树到处查看了各种资料，可并没有类似介绍。

"记忆共享？资源共享？"苗西西轻念着，"那大苏，是不是以后你的东西就是我的东西了？那我是不是就能从学渣变学霸，从此走上人生巅峰，迎娶高富帅？"她改口还挺顺溜的，大苏这名号她张嘴就来。

苏树朝她脑瓜一拍，惹来苗西西的一阵不满："你总拍，要是变傻了，就算有你的记忆也没用。"

"傻了我也要。"似是为了证明他所言非虚一般，他趁机在她委屈巴巴的脸上偷吻一个。

自从有了苏树的记忆，苗西西整个人都处于傻乐状态，因为童年的苏树简直就是一个行走的笑话。

有一次，苏苏刚刚看完《白雪公主》的故事，就跑过来问苏树："哥哥，哥哥，谁是最可爱的人？"

结果苏树想了想，今天刚好学了一篇《谁是最可爱的人》，于是斩钉截铁地说："红军。"

惹得苏苏哭着找妈妈，还说哥哥不喜欢她了。结果，苏树又莫名其妙地被老沈念了一顿。

为了证明自己没错，苏树赌气般将课本往老沈面前一摆，大有你自己看的架势。

结果，老沈看着书上那篇《谁是最可爱的人》哭笑不得。

苗西西觉得光是这个梗都够她笑好一阵了。

而她傻乐太多次数的结果就是引来室友的一阵围观。独乐乐不如众乐乐，苗西西便把这事当个笑话说给大伙听，结果，回应她的只有一片"喊"声。不好笑吗？此后，她也决定了，他的糗事她也要收藏起来，自个乐呵。

生科院对阵外院的辩论赛即将到来，可苗西西却一点紧迫感都没有，沈晗好奇不已："西西，你们辩论材料准备好了吗？"

"哈哈，放心，这次我们准赢。"苗西西自信心爆棚，有大苏坐镇，想不赢都难呀。

"西西，你们生科院可没有赢我们外院的记录哦。"沈晗自是也不服输。

"我赌一顿饭，外院赢。"方子染不嫌事大。

"Me too！"李文歆表示追随。

"李文歆，你叛徒。"苗西西恨极，她一定要让他们为今天的赌注付出代价。

寝室几人聊得正嗨时，苏树的电话打来。

"大苏，怎么了？"她的愉悦之情溢于言表。

"怎么这么高兴？"透过电话听着她愉悦的声音，他不自觉间也是喜上眉梢。

"你明明知道。"苗西西撒娇，"对了，你等我一下，我就下来。"

苗西西挂断电话后便匆匆往楼下跑。苏树已经在树底下等着了，瞧见她跑过来朝她浅浅淡淡地笑着，待她走进，温柔地将其额头的汗珠擦掉："怎么跑这么急？"

"今天39℃呢，这地面都可以煎鸡蛋了，你热不热呀？"苗西西踮起脚帮他擦掉快到眼角的汗珠，自然而然地牵起他的手便往图书馆走，"走吧，若是去晚了就没位置了。"图书馆里有空调，人满为患。

果真，等他们到图书馆的时候已经找不到空位了，两人在书架后找了块空地坐下。

苏树将他准备好的辩论材料给她。这次的论题是异性之间是否有纯友情，生科院为反方。苗西西接过材料，依旧是大神作风，条理清楚，思维清晰。

苗西西快速看过后便将其收起："大苏，我都变懒了，怎么办？"

"没事，以后我养你。"

"要是你哪天嫌弃我了呢？"

"那我岂不是嫌弃自己？"

"倒也是。"苗西西想了想，觉得甚是在理，便决定安心懒下去。

"你呀。"苏树无奈地刮了刮她的鼻头。

辩论赛如约而至，生科院最终以黑马之姿取得颠覆性的胜利，方子染大哭自己赔了夫人又折兵。

之后，生科院迎战数学院、工院、理院，竟一路红旗飘飘，无一失手，着实打了一大响炮。要知道，生科院能打进二轮三轮就已实属不错，可这次竟直接卫冕冠军，让人不得不刮目相看，而苗西西更是突破自己，突破世界。

其实苗西西也很无奈，可实属这记忆不是她所能控制的。在最后一场跟理院辩论赛前，苗西西本想让自己尽量低调点，所以不让苏树去看论题，也不要去想，这样她就没办法"利用"他了，奈何理院不争气，大苏太神勇，所以，她还是华丽地赢了，赢得毫无悬念。

2

辩论赛落幕，苗西西重回网络，"上吐下泻"群里依旧打得火热，奇鸟见她上线，立马@她：翠花，怎么消失了这么久？

翠花上酸菜：嗯，谈恋爱去了。/羞羞

圣光之杯：@翠花上酸菜，铁树开花？

翠花上酸菜：我十九岁开花就已经是铁树了？

奇鸟：人家初一已经被初恋虐过一番了。

翠花上酸菜：/惊恐

群里正聊得火热，树洞突然发来一条私信：翠花，真不考虑试试兼职编辑？

苗西西：不了。/大笑

自从实现记忆共享后，苗西西就已经知道了她的偶像，玄幻网文大神树洞其实就是苏树，当时她还兴奋了好一阵来着，自己仰慕的偶像竟有朝一日就莫名其妙地成了她的男票，这运势，好得挡都挡不住。

而如今用着苏树的小号跟她聊得火热的是陈遇，她也知道。苗西西突然就生了调戏一番的心思："大神，你怎么总要我来做你们的编辑呀？这网站你有决定权吗？"

书侠网其实是苏树、陈遇、范祁三人联手打造的一个男频原创网站，当时的出发点纯粹是为了完成论文《论虚拟文学（男频）对现代人的影响》，可他们却没想到，当初的无意之举竟促成了今日的小有规模。

三人各司其职，陈遇主打内容运营，范祁主攻网站，而苏树就是复合型人才，哪里需要就负责哪里。

树洞：只要你来，我可以帮你搞定的。

翠花上酸菜：那我来的话能见到你吗？

树洞：不仅能见到，而且还有亲笔签名，随便你想签哪儿都行。

苗西西心里已经将陈遇鄙视一顿了，拿着苏树的小号调戏小姑娘，哪日若是瞧见了，她定要好生说道说道才行。

翠花上酸菜：那能拥抱、合影吗？

树洞：只要你能想到的，我就能做到。

翠花上酸菜：那大神，能求勾搭吗？/羞羞

对方好久都没有回复，隔了好一会儿，才发过来一句话："我已是有妇之夫。"

苗西西囧，现在她恨死了这该死的记忆共享，她做点什么事都能被他知道，好的吧，自己挖的坑自己埋。

"大苏！"苗西西撒娇，"大苏，我发誓，我这是为了探探陈遇的人品，对你绝无二心。"

苏树隔着屏幕都能想到苗西西软绵撒娇的样子，他回了一个"好"字，终是不忍与她置点点的气。

陈遇看着苏树随时都能溢出的爱意，浑身都起鸡皮疙瘩了："老大，我能提个要求吗？"

"嗯。"

"别笑得这么满足行吗？"这会让他也有想尝一尝恋爱的想法，可是他入校前跟苏树打赌，赌输了，赌注是——大学不早恋。

"只有一年了，无碍。"

苏树与陈遇的关系可谓是穿一条裤子长大的兄弟，不过苏树是那种典型的别人家的孩子，而陈遇便是自家的熊孩子，所以一进大学，陈遇便急于想摆脱苏树一路给他带来的阴影，提出魅力比拼：朝他们走来的第一人，无论男女，让其决定谁最有魅力，胜者，当老大，输者，大学当光棍。

比赛最后结果为17:10，不算太惨，虽然陈遇诡辩，得已问了二十七个人才有如此结果，不过他也算君子一言，大学三年过来当真没恋爱，即使有女生死缠烂打。

不过现在想来，这赌注有点太残忍了，如此好的年华怎能不谈恋爱呢？

"你们真无聊，怎么会打这样的赌？"苗西西发来消息，她知道这个后笑得不可控制，这比赛结果是天注定，陈遇偏生想跟天搏，自作孽不可活呀。

"我对他造成的阴影太重了，他想摆脱，只是结果并非求仁得仁，唉！"苏树倒是一点都不谦虚。

苗西西笑得肚子痛，没接触之前，苏树是风云榜上的头号人物，只可远观不可亵玩，可这了解下来，这货绝对是中二加傲娇的属性。

她突然有点同情陈遇了，命运总是太沉重，一个措手不及便承受不来呀。

下午苏树有课，沈晗跟染染也都有事，寝室只剩苗西西跟李文歆在，蚊子玩游戏玩得不亦乐乎，苗西西百无聊赖地逛着网站，突然想起一个问题来，立马在微博发起话题#两人记忆共享是种什么体验。在线等！！！#

@非洲小白脸：我只要我家鹿晗的记忆，其他人的拒绝！！！

@我只是宝宝：不是学霸的话，我学渣拒绝。

@小乖乖：不是霍金的，我拒绝。

没一会儿，话题便热闹起来了，可是这一票的非谁不可是咋回事？莫非这不仅是个看脸的时代，而且还要看脑子？幸好她家大苏颜跟脑都不缺，她偷偷地乐。

@翠花上酸菜：要是那学霸不帅呢？//@我只是宝宝：不

是学霸的话，我学渣拒绝。

@我只是宝宝：学渣的苦在于总挂科。//@翠花上酸菜：要是那学霸不帅呢？//@我只是宝宝：不是学霸的话，我学渣拒绝。

嗯，果然全世界的学渣都有一样的苦闷，苗西西想以后大苗都可以不用担心她的学习了。

@你是我近旁的一株木棉：我没有参与你的过去，可我却拥有了全部的你，无论是过去、现在还是将来。

简直是众多奇葩评论中的一股清流。

苗西西看着ID发呆，大苏说起情话来还真是信手拈来呢，说得人怪娇羞的。苗西西顺手改了微博名字。

@我是你近旁的一株木棉：我要走上人生巅峰。//@你是我近旁的一株木棉：我没有参与你的过去，可我却拥有了全部的你，无论是过去、现在还是将来。

@你是我近旁的一株木棉：我助你。//@我是你近旁的一株木棉：我要走上人生巅峰。//@你是我近旁的一株木棉：我没有参与你的过去，可我却拥有了全部的你，无论是过去、现在还是将来。

@非洲小白脸：秀恩爱能别这么没下限吗？果真是嫁鸡随鸡，连名号都改了。

@我是你近旁的一株木棉：以他之姓冠我之名。//@非洲小白脸：秀恩爱能别这么没下限吗？果真是嫁鸡随鸡，连名号都改了，要点脸。

苗西西是被李文歆硬生生地从微博的热潮里给逼退的，因为方子染不断地打电话发信息让她阻止苗西西，而这已经严重打扰到了她玩游戏,所以,她要代表所有在这场微博恩爱战里受到伤害的人消灭苗西西。

3

"大苏,大苏!"苗西西拉扯着苏树,不断地撒娇,可是苏树一点都不为所动。

事情还要回归到昨天的微博事件,本来她都要退出微博了,结果在她退出的前一秒,她收到了一条评论,让她心虚良久。

@苏翰生:她是我们生科院的?//@你是我近旁的一株木棉:我没有参与你的过去,可我却拥有了全部的你,无论是过去、现在还是将来。

@你是我近旁的一株木棉:你学生。//@苏翰生:她是我们生科院的?//@你是我近旁的一株木棉:我没有参与你的过去,可我却拥有了全部的你,无论是过去、现在还是将来。

苏翰生,生科院细胞学的教授,也是苗西西的老师,还是苏树的父亲。

可是,教授怎么会玩微博呀。

秀恩爱太激烈,果真是要遭报应的。

明日就有细胞学课,她该怎么面对苏教授?主要她还是个学渣,无颜以对呀!所以一早,苗西西就向苏树求救,希望他能陪她一起去上课,一来借用下他的才华,二来苏教授应该不会不给儿子面子吧?

可苏翰生说了,苏树最好不要出现。对此,苏树只能狠心拒绝。

"你为什么不去呀?"苗西西从昨晚紧张到了今早,现在还求助无门,她内心几乎是崩溃的,"大苏!"

"苏教授指明不让我去,估计我去了的话你的下场会更惨。"苏树实话实说。

苗西西这下是真的绝望了,苏教授本来就不苟言笑、一板一眼的,若是他对未来儿媳妇要求太高的话,那她岂不是还没进门就夭折了?

她在苏树的记忆里寻到的也只有苏教授在面对老婆沈青时才会温和,看来她真的要去鬼门关走一趟了。

其实苏树也紧张,老苏那一本正经的架势也就老沈能hold住,不过为了安慰她,他还是交了老底:"没事,我家老沈说了算。"

"真的?"苗西西终于找回了点乐观,但事实是,她依旧有点怵呀,"大苏!我能逃课吗?"

"你去年逃课的结果忘了?"

"直接挂科,嗯,我死也不会忘。"苗西西恨得牙痒痒,真够心酸的,看来,这场凌迟是避无可避了。

"那你在外面等我。"她还是有点怯。

"好。"

苗西西不断地拉扯着李文歆:"蚊子,我紧张,怎么办呀?"幸好还有一个能稍稍起点安慰作用的支柱。

"不就是换个地点见家长嘛,瞎紧张。"李文歆不以为意地安慰。

果真,自己的痛只有自己知道。

"我怎么觉得苏教授比平日更加严肃了呢？"苏翰生五十岁出头，却依旧俊朗，只是整日冰着一张脸，外加教学严谨，所以学生里面没有不怕他的。

"没事，公公看媳妇，越看越喜欢。"李文歆在苏教授的课上也不敢玩游戏，只能老老实实地陪着苗西西。

"你说他等下会怎么对付我呀？"苗西西不住地往苏翰生身上偷偷瞄，试图能找到某个突破口，却没有任何发现。

"你戏太多，人家用得着对付你？"李文歆真是一点都不懂她的苦哎。

然而一节课下来，苏翰生并没对她采取任何表示，害她白白紧张了，果真是戏太多。

"她很怕我？"苏翰生课后将躲在一旁听墙脚的苏树逮着进行审问。

"你学生哪个不怕你？"苏树反驳，也正是因为如此，他才没选生物科学的，他可不想过那种被压迫的日子。

"这倒也是。"苏翰生自豪地笑了，"眼光还行，学渣配学霸，乌龟配王八。"

有人把自己儿子比作王八的吗？

苗西西愤怒，苏教授竟然说她是学渣。好吧，她承认，她确实是个学渣，但是把她比作乌龟是个什么鬼？而且，把他儿子比作王八，那他自己不就是个千年老王八？

想着想着，苗西西就觉得竟像是出了口恶气，李文歆瞅着她这又是怒又是笑的，也懒得理她，反正她奇奇怪怪的也不止这一天两天了。

晚上，苗西西心情大好，广请各位好汉相聚于"老地方大排档"，苏树笑她嘚瑟过了头，老苏这未来三年可都是她老师，一时不为难，不代表一直不为难。

不过，英雄都是得过且过，所以，挺过一劫便是一劫。

"老大，老苏真的没为难你媳妇？"陈遇可是深知苏翰生那性子的，除了能对老婆展露笑颜外，对其他人，那只有呵呵两个字了。

"要不然你以为你今天能吃到这顿饭？"苗西西嗤他。

"我早就听闻生科院苏教授的名号了，始终无缘得见呀，真想一睹芳容。"方子染感慨。

"你比我还学渣，教授不屑见你。"苗西西庆幸自己比方子染稍好那么一丢丢，要不然还真入不了苏教授的眼。

"上帝给了人一双眼，是用来发现美的。"吃得起劲的李文歆突然开口。

方子染将李文歆上下打量了一番："哎哟，蚊子，终于开窍了？"

李文歆正吃小龙虾吃得起劲，利落地剥着虾壳，不消丁点工夫，虾肉便已入了她的嘴，最后还不忘将手指含在嘴里嘬吧嘬吧，然后悠悠然地吐了一句："可美都是有瑕疵的。"

顿时其余几人全都笑得七倒八歪，唯有当事人却稳坐如山，一脸超然。

苗西西是佩服李文歆的，她脑子里总是装着各种奇思妙想，时不时地爆出一两句噎死人的话，自己却能置身事外，悠然自得，这性子，倒也是没谁了。

正所谓坐看云卷云舒，静听花开花落，任凭潮起潮落，说的便是她了，只可惜却从未将这心态用在正途罢了。

范祁一直端着下巴揣摩着李文歆，最后发现这姑娘眼里竟除了小龙虾别无他物，就连他的深情注视都视若无物。

越是得不到就越好奇，范祁悄悄地跟染染换了个位置："蚊子，听说你是游戏高手？"

李文歆依旧吃得正欢，丝毫不觉所有人的目光都集中到了她身上。

范祁越挫越勇："小弟也略通一二，以后带上我？"

李文歆终于停下了吃的动作，面前堆满了虾壳，就她一个人的量都快抵上他们所有人的总和。她问："西西，我还能再点吗？"也没等苗西西回复，"老板，再来两盘小龙虾，一盘嗦螺，一盘臭豆腐，麻烦快点，谢谢。"这话刚落地，她便又转向范祁，"你知道我为什么玩游戏吗？因为我渣，所以我需要奋进。嗯，就这样。"

事实真相永远都是这么赤裸裸的残酷。

范祁被她噎得静默三秒，三秒后满血复活。

"那哥带你玩？"

"嗯，不用了，玩游戏最忌讳的就是拖后腿。"

所以，她这是在说自己拖了别人的后腿还是别人拖了她的后腿？虽然前者的可能性偏大，但是按照李文歆的套路，真相更加偏向后者。

这一战，范祁不战而退，不过他对这姑娘却越发兴趣浓厚了。

饭后,苏树送苗西西回寝室,月光正好,温柔至极,两人牵手散步在羊肠小道上,苗西西一会儿仰望下天空,一会儿踢着石子,一点都不安分,而两边的小树林里时不时发出点异样的声响来。

"大苏,你知道这条小道其实还有个别名吗?"苗西西悄悄地踮起脚凑到苏树耳边问道。

他们此时走着的这条小道是从校外直通女寝的一条铺着鹅暖石的小道,共有十八道弯,弯弯绕绕,像极了羊肠,道路两旁种满了低矮的灌木丛,灌木丛里埋着各种颜色的小灯,一到夜间,微弱的灯就亮了起来,特别幽静。而它还有个特别小清新的名号,叫幽石小道。

苏树为了配合她的演出,摇了摇头:"叫什么?"

"通幽小径,取自曲径通幽处,禅房花木深的通幽。"苗西西卖弄道,"可是,你知道它还有一个别名吗?"

苏树笑着继续摇头。

"幽会道。"苗西西说完踮起脚快速地在苏树唇上落下一吻,蜻蜓点水般一触而过。

那抹柔软温热的触感来不及捕捉,苗西西却早已跑出许远。苏树看着她跑远的身影,无奈又宠溺地笑了笑,手不自觉地摸了摸她刚才碰过的嘴唇,好似那抹余香依旧在缠绕。思及过后,他快速追上,苗西西一个旋转过后便被拉入了一个温暖的怀抱。"初吻不该是这样的。"他说。

夜深,人静,花香,月明,苗西西的初吻丢失在这样一个夜晚,唇齿相依,深入浅出。从此,我的名字跟了你的姓氏,你的心成了我的专属。

我能想到最浪漫的事是和你一起慢慢变老

听说你很欣赏我

1

这一晚，苗西西失眠了，想着守了将近二十年的初吻就这样被夺走了，而且毫无反抗，竟有些亏，有朝一日，她定要重新掌握主权。

一直迷迷糊糊地熬到了早晨六点，终于来了点睡意，眯了会儿，可还没来得及深睡，便被该死的铃声吵醒。

"喂？"浓浓的怨气，她最讨厌吵她睡觉的人了。

苏树听着电话那头怨气冲天，也知道她昨晚没睡好，只让她好好休息，等下再找她便挂了电话。

而她这一睡，就直接睡到了十点多，最后依旧是被电话吵醒的。她接起电话："大苏？怎么了？"

"今天你爸生日，再不起来就该赶不回去吃中饭了。"

苏树暖暖的笑意从电话那头传来，不急不躁，却把苗西西给急得直接一跃而起，却忘了这里是寝室，"嘭"的一声，头顶撞击墙顶发出巨大的声响，听得苏树心颤，"你慢点，礼物我已经买好了，等下我直接送你过去。"

苗西西疼得直吸气，哪还有工夫听苏树讲了什么，直抱怨他怎么没早点叫醒她，挂断电话后赶紧收拾自己，这几天忙着恋爱，都把大苗这事给忘了，也还没来得及买礼物，罪孽罪孽。

苗西西用最快的速度收拾好，匆匆往楼下跑，却瞧见苏树神清气爽地站在树底下满脸春风地看着她。

"那个，大苏，我要去赶车了，今天你自由活动哈。"苗西西也顾不上说那么多了，她要抓紧一分一秒，若是错过了中饭，那等待她的将会是另外一场酷刑。

苏树手长脚长，加快几步，便拉住了她，拉着她就往相反的方向走。

"大苏，今天大苗生日呢，我要去赶车了。"苗西西自从得知自己差点把大苗的生日给忘了之后，整个人便处于急躁状态，根本就没心思去探究苏树的记忆。

苏树也不解释，不顾她的挣扎，几乎是拖着她往外走："上车，我送你过去。"

白色宝马越野，嚣张、霸气，可又透着一股由内而外的沉稳，一如此时站在车门旁为她打开车门的苏树。

此刻，苗西西才有了些觉悟，定定地看了他良久后，主动投怀送抱，送上香吻一个："大苏，你怎么能这么好呢？"又是帮她买礼物，又是送她回家的，一切都早已为她安排妥当。

　　对于她的主动，苏树受用至极，好心地提醒道："要不要给你妈打个电话，看今年是在奶奶那边还是在家这边？"

　　苗西西正准备打电话来着，也不知道是不是母女连心，宋丽君就打电话过来了："翠花，你出门了没？别忘了今天你大苗生日，我们都先到奶奶家了哈，你等下就直接过来。对了，大苗今儿个不知道怎么回事，有点情绪低落，所以你最好带回点好消息，我挂啦。"

　　宋丽君噼里啪啦地说了一大堆之后，也不等她反应便挂了电话，这么多年来，一如既往，苗西西早已习以为常。

　　"去奶奶家？"苏树一边问，一边帮她系好安全带，"你家老宋真不愧是做播音的。"这一连串的，居然连气都不要换。

　　一说起这个，苗西西就郁闷："她这是病，哪个播报员会这么跟人说话？也亏得我跟大苗这么多年都已经习惯了。"不过刚刚老宋说大苗心情不好？按道理来说不应该呀，"不过大苗也不知道怎么了，听说心情不好来着。"

　　"没事，等下我陪他多喝几杯就好了。"苏树颇为仗义，而大苗又喜欢喝点小酒，他这个未来女婿是理应如此。

　　这话怎么听着有点不对呢？"不行，等下你不能进去。"苗西西立马就觉悟过来，若是被大苗知道她谈恋爱了，那还不得念叨个一天一夜没停。

　　大苗跟老宋都是地方电视台的。老宋是新闻频道的播报员，大苗是少儿频道的主持人，天天跟一群小孩子打交道，所以即使是四十多岁的人了，却依旧保持着一颗不老的童心。而她在大苗眼里，也一直都是小孩子来着，若是给苏树正名的话，那她早恋的罪名那就是铁板钉钉了。所以，这事，还得缓缓。

"你知道我酒窖在哪里是吧，等下你去酒窖旁边的那个小木屋里等我，行吗？"若是将他驱逐回去的话，她总归有些于心不忍，再者，也非道义所为。

苏树委委屈屈地应下，苗西西只得好生安慰，安慰之间又免不了一番"肉偿"，对此，苏树这才勉强觉得这事还是有所值的。

快到奶奶家时，苗西西提前下了车，提着苏树买的礼物，一边哼着欢快的曲子，一边蹦蹦跳跳地往家里赶，心里却琢磨着大苗今儿个到底是怎么了，平日里过生日，他可开心了。

"西西呀，刚才那小伙子是谁呀？"她这前脚刚踏进门，奶奶便将她拉住，不让她进屋。

奶奶这走路怎么都没声的呀，苗西西装傻充愣："奶奶，你怎么在我后面呀？大苗今儿个是怎么了呀？听我妈说心情不好？"

"他呀，就是因为你妈说他老了，这不，就生气了。"奶奶也是一副拿自家儿子没办法的样子，"刚才那小伙子不错，是新交的男朋友吗？怎么也不给奶奶看看呀。"

得，这绕来绕去的，又给绕回来了。

为了解开她家这位老祖宗的疑团，也为了让奶奶不在大苗面前说起这事，苗西西只得悄悄地告诉奶奶："奶奶，他叫苏树，我男友，等下你别跟大苗说，不然我又该遭批了。"

奶奶喜笑颜开："是嘛，大学就该好好地谈恋爱，那个老古董。"

"奶奶，你又说他老，若是听见了又该生气了。"苗西西单手搂过奶奶，"奶奶，我妈怎么说大苗的呀？"

"你妈说他都四十二了，还跟个小孩子一样，天天童心泛滥。"奶奶虽然高龄七十了，可心性却还很年轻，若不是一头银丝彰显，旁人定是瞧不出年纪。

"大苗是不是又做什么傻事了？"要不然老宋也不会说他童心泛滥。

奶奶笑着拍了拍她的手："好像是在院子里跟一群小孩子玩老鹰捉小鸡吧，我看他还挺乐呵的。你妈呀，也就是担心他身体，怕他不小心摔着，要是再摔一次，那估计就没这么好命咯。"大苗前几年摔过一次，差点摔瘫痪了，所以老宋紧张也是情有可原。

"大苗就是喜欢跟着小孩子玩，哎，老顽童一个。"苗西西感叹。

"等下逗逗你爸，他最喜欢你了。"

"嗯嗯。"

果然，大苗这次是真的心情不好了，这不，他最喜欢的女儿回来了都没迎接一下。

老宋朝她不断地使眼色，让她去乐呵乐呵，苗西西却觍着脸过来蹭她："妈，你怎么总说大苗老呀，大苗那是童心未泯。你说你，好歹也是搞播音的，用词得准确咯。"

大苗哼了一声，侧转身，也不面对他们，自个看自个的电视。

苗西西和老宋强忍笑意，继续道："老宋，今儿个我们家大苗好像是过十八岁生日吧，我记得奶奶这里好像还有上次给我过完生日留的皇冠呢，等下给大苗戴上，小孩子呀，最喜欢这些东西了。"

大苗又是重重地哼了一声。

苗西西这次直接破功，破口大笑，直接从沙发后面圈着大苗的脖子，趴在他身上："还生气呢？老宋都知道错了，差不多就行了哈，你看，你家翠花还给你带了礼物呢？"

大苗在看到礼物后眉眼才稍稍有了点舒展，苗西西笑他矫情，他倒也不反驳，还指使着她去把礼物拿过来。

苗西西遵命。

大苗沉着一张脸拆开礼物，一看，瞬间有了笑意："这你从哪儿弄的？我一直想要都没弄到来着。"言语间皆是挡不住的欢喜。

从哪儿弄的呢？大苏为了讨好未来老丈人，将自己的珍藏版都拿出来了，只是，这男人的爱好莫非不分阶层的吗？这变形金刚从小孩到老人，竟都这般喜欢？

嗯，好的吧，只要开心就好。

"送的什么东西呀，这么开心？"老宋瞧见大苗这沉闷了许久的苦瓜脸终于化解了，很是好奇苗西西到底送的什么，于是蹭过来想瞧瞧，却被大苗孩子气般地直接抱住，就是不给看。

苗西西笑得肚子疼，嚷嚷着自己去酒窖取点酒。奶奶在一旁骂他为老不尊，他倒是也不介意了。

2

　　这是一片神奇的土地，几乎承载了苗西西幼时的所有回忆。苏树躺在小木屋的床上，枕着头，看着木板，脑海里全都是有关她的点点滴滴。

　　因为父母忙碌的原因，所以她几乎是奶奶带大的，奶奶家的后山上种满了各种各样的花果树。

　　奶奶是个会生活的精致女人，总能把日子打理得有条不紊却又精彩纷呈，而且，她还有诸多手艺，酿酒就是其中的一门。

　　无论是桂花酒还是桃子酒，抑或梅子酒，只要经过她的一番调剂，总能换来美味可口的花酒。

　　苗西西跟着奶奶学过一次酿酒，当时也是桂花飘香的季节，祖孙俩上山采花、挑花，按比例配料密封发酵，也就一次，苗西西便学了个十成，之后对于其他的酒也是无师自通，口味竟也丝毫不差。

　　手艺后继有人，奶奶倒是很少折腾了，酿酒这事就传到了苗西西手里，后来酿的酒越来越多，房间堆不下了，大苗便帮她在后山挖了个洞，做酒窖，专门珍藏酒，而且还会每瓶都写上年月日，记录清楚。顺便帮她在那棵古老的大树上搭了个小木屋，此事深得苗西西的心。

　　"怎么过来了？"苗西西爬上来的时候，苏树正想得入神，其实苗西西能有如今的心性，多半是要归功于奶奶的，他想，若有机会的话定要拜访下。

苗西西越过他直接爬到床头，将屋顶的一块木板掀开，然后在他旁边躺下，此时日头正盛，却因着树大茂盛，屋内却不热，反倒很凉爽，丝丝缕缕的阳光透过树叶射下，空气中的灰尘颗粒可见。

"你知道吗？以前最喜欢跟奶奶睡在这里了，晚上很凉快，还可以看看星星，奶奶还会给我唱歌。"

情不自禁间，苗西西便已吟唱出声：

"月亮粑粑，肚里坐个爹爹，爹爹出来买菜，肚里坐个奶奶，奶奶出来绣花，绣扎糍粑，糍粑跌到井里，变扎蛤蟆，蛤蟆伸脚，便扎喜鹊……"

苏树拥着她，一直认真地听她唱完，笑道："要不我们今晚在这儿看星星看月亮？"

"然后从诗词歌赋谈到人生哲学？"苗西西忍不住吐槽，"可我对诗词歌赋一窍不通，估计只能陪你从这个八卦聊到那个八卦了。"

"翠花，酒拿来了没？"老宋的大嗓门一开吼，将两人的闲聊中断，苗西西哼哧哼哧地往下爬，便去酒窖里取酒，苏树尾随而下。

苗西西的酒窖苏树只在她的记忆中见过，却没能真真正正地见过实打实的，这下见着，还真是开了眼。

从外面看，这仅仅只是一个不足两米高，一米宽的洞，进去之后才发现，内里别有洞天。

里面的空间足有七八十平方米，而且都用木架子架开，各种奇形怪状的酒瓶都有，每类酒都站一排木架，按照时间依次排列，而且每瓶上面都贴了红纸，并都标明了时间。

"大苏，你等下挑几瓶回去给你们寝室的喝，年限越久，味道就更纯，酒味也就更重。不过，如果你们喜欢喝甜的话，这几瓶都是去年酿的。"苗西西一一给他介绍着，眼里满是藏不住的骄傲。

"对了，大苏，我跟你讲哦，这瓶是我最喜欢的，瓶子还是当年大苗出去旅游的时候帮我收集的，要不我送你吧，就当定情信物了。"苗西西从最里面的那一排里摸出一瓶来，瓶子不大，心形的形状，艳丽的红色。

苏树接过，上面写着：二〇〇九年六月十五，梅子酒。后面还附带了一个爱心。

时至今日，已有八年光景，很久矣。

不过，拿酒做定情信物的这倒是头一回。

"你的呢？"苏树收了她的酒，却没给她任何东西，苗西西直接伸手索要。

"我把我自己给你怎样？"苏树身上并没带有价值的东西，他们家也没个传家宝之类的，所以，说来，最重要的也就是他自己了。

"把手伸过来。"苗西西笑得贱贱的，接过苏树伸出的手，"喏，既然你是我的了，我就得做个标记。"

冰冰凉凉的触感瞬间侵袭他全身，却只见右手无名指上多出了一枚状似戒指的环，而大小竟然刚好。

苏树揣摩了下，刚好与红色酒瓶的瓶口大小一致，许是这姑娘从瓶口剥下来的铁环。

苏树宠溺地揉了揉她的脑袋瓜子，也不知道这里面整天都在想些什么，送戒指这事怎么能由女生来做呢。

老宋又在叫唤她了，苗西西挑了瓶大苗最喜欢的桂花酒，便跑出去了，而苏树在她出去后不久便也离开了。

　　饭后，正当大伙聊得欢快的时候，苗西西突然一个人躲在一旁傻乐，大苏竟然真的跑去买戒指了……

　　苗西西笑完，又暗自叹气，这该死的记忆共享，让她连一点点惊喜都享受不到了，也不知道有没有可能消失。

　　晚上，苗西西留在奶奶家过夜，晚间时分独自去了小木屋。夜间凉风习习，清爽舒服，苗西西躺在床上，透过天窗，看向夜空，漆黑的苍穹布满了点点生辉的星星，它们像极了一双双调皮的眼睛，不知疲倦地装点这个漆黑而又浪漫的夜晚。一轮明月高高悬挂，如水的月光倾泻而下，美不胜收，想来，她竟已许久都没享受过这般静谧的美好了。

　　她突地想到一句诗：

　　天阶夜色凉如水，卧看牵牛织女星。

　　有些煽情了，她暗叹黑夜果真适合抒情。

　　苏树到来的时候，苗西西正戴着耳机哼着欢快的曲调，苏树在门口听了几句，便听出她哼唱的是《夜空中最亮的星》，许是哼得太入神，以至于他上来的时候她都没察觉。

　　等苗西西意识到是苏树上来了后，她也不惊讶，身子往里挪了挪位置，给苏树留了个位置。苏树径直躺下，接过她递来的耳机，里面已经换了一首歌，是他没听过的，不过节奏轻松明快，是她的风格。

　　两人躺在同一张床上，听着同一首歌，仰望着同一片星空，即使两两沉默，也只觉这是最浪漫的事。

谁都没有开口打破这一室的静谧，安静到似乎能听见月光散落的声音，彼此的脑海中都流淌着对方的过去，一帧帧，一幅幅，温馨又美好。

"大苏。"苗西西突然低沉地唤了他一声。

"嗯？"

"你说若是以后我们真的在一起了，那是不是就意味着都不能出轨了？"苗西西突然想到一个很严肃的问题，"而且，也不能做坏事了？"

看着苗西西一本正经的侧脸，苏树"扑哧"笑出声来："你的意思是我们现在不是真的在一起？"

拜托，抓错重点了！"不过我应该不会出轨，我像我爸。"苗西西自说自话，"不过若是你出轨了的话，那我一定会放你自由的，我不喜欢折腾。"

苏树翻转身，将她抱进怀里，轻咬着她的耳垂："我怎么没发现你这么大方？"暖暖的热气呵在她耳边，痒痒的，有些别扭。"我不会给你放手的机会的，从今往后，你都是我的了。"说话间，冰凉的触感从她的右手无名指传来，据说那里是离心脏最近的地方。

苗西西只觉心跳像是漏了一拍，而后整个胸腔都被喜悦充盈，却仍是矫情又娇羞地强辩着："你是我的。"

"好，我是你的。"唇齿留香，旖旎流转，他像是要汲取掉她所有的芳香一般。

苗西西主动回应他，两人唇舌交战，晚风轻袭，月光流淌。我能想到最浪漫的事就是和你一起从天荒到地老，从海枯到石烂，彼此坚定不移，白首不相离。

吻到动情处，苗西西突然抽身而出，面颊酡红，一双眼眸光流转，不怀好意地看着他："你想了？"

　　美人在怀，温香软玉，他若是不想点什么，那他岂不是成圣人了？苏树诚实地向她展示他的欲望，却羞得苗西西掩面而逃。

　　对于苗西西在一夜之间悄悄地就已经许身他人的事，方子染表示此女实乃太不争气，这种事怎么能如此悄无声息呢，尤其是大神这般人物，如是换了她定要高调一番才妥，也好绝了某些妄想之人的虚妄。

　　苗西西对她的说法不以为意，她始终相信爱情只是两个人的事而已，旁人终究不过是看客而已。

　　方子染表示痛心，寝室两大院花，竟都活得这般低调，让她找不到抱大腿的机会，只得同李文歆惺惺相惜。

　　"7号呢？"李文歆可不需要爱情这种东西，一个人满世界打游戏，也挺好。

　　"唉……"说到这个，方子染便志气消沉。

　　苗西西这段时间都光顾着自己恋爱潇洒，对单身汪的关注甚少，自知有些不厚道："怎么了？"

　　"他说他要找个贤良淑德的女子。"

　　"我们家染染哪里不贤良，哪里不淑德了？"苗西西一听这个就来气，怎么能以貌取人呢？

　　"她哪里贤良了，哪里淑德了？"李文歆反问。

　　"李文歆！！！"

　　被苗西西这么一吼，李文歆翻眼瞅了瞅染染，见她真的满腹委屈,立马改口:"对,我们家染染贤良又淑德,天天给他送早餐,各种人前人后地伺候,却也换不来他的一记青睐。"李文歆也是恨铁不成钢,对于这种男的,何必呢?女人嘛,就应该把自己立得高高的,等着男人来臣服。

"方子染!"苗西西都不知道她竟还有这般作为,怎能被一个连正眼都不愿瞧她的人使唤?"你倒是长出息了。"

"我就送了一次。"方子染委委屈屈地道。

苗西西白了李文歆一眼,这小妮子添油加醋的功夫倒是见长。

"不过你真那么喜欢那7号?"

"还行吧。"方子染也说不清对他是什么感觉,就是只见了一次,却连他们以后的孩子叫什么都给想好了。

"只要是个男的你就觉得还行。"李文歆无情地揭露了事实。

"难道你觉得他不行吗?又高又瘦,脸蛋也不丑,打球也帅。"方子染眼里似有星星在跳跃,闪闪发光。

"他那也叫帅?脸蛋比不过苏树,球技比不过季辰,你也好意思说他帅?"李文歆简直是败给她了,一点追求都没有,好歹寝室也找了两个"绝色",她就不能稍稍提升下寝室档次?

"染染,要不我们还是去找个不要求你贤良淑德的吧?"苗西西歪着头想了想,很认真地建议。

"嗯,我决定了,我以后要做个贤良淑德的女子。"

这姑娘,没得救了。

3

　　树洞难得地在凌晨时候更新了一章，众粉丝如获至宝，纷纷留言表示千恩万谢，同时也引来很多人催促着翠花写长评。而苗西西在评论里留言：本君要回归红尘了，勿念。

　　瞬间，"上吐下泻"群里热闹到飞起。

　　奇鸟：翠花怎的突然就要退出江湖了？

　　圣光之辈：回归红尘？恋爱了？

　　苗西西感叹，果然俗人最懂俗人。

　　翠花上酸菜：binggo，本君恋爱了。

　　苗西西暗笑，若是让他们知道她是跟他们的偶像恋爱了的话，那会是一番怎样的场景呢？

　　狗鱼：恭贺千年单身汪脱离苦海。

　　我是大神我怕谁：恭贺千年单身汪脱离苦海。

　　路人甲：恭贺千年单身汪脱离苦海。

　　……

　　群里一片恭贺之声，苗西西暗暗窃喜，单身汪这条汪洋大海，她算是得以逃离。

　　树洞：既然回归红尘了，真的不来做下兼职？

　　翠花上酸菜：你这算不算三顾茅庐呢？

　　树洞：算，绝对算。

　　陈遇在敲这几个字的时候键盘敲得老响了，似是泄愤。

　　翠花上酸菜：如果本尊出面的话，我说不定可以考虑考虑。/得意

　　"我靠，她怎么知道我不是本尊？"陈遇猛拍桌子。

"拜托,她现在在跟老大谈恋爱好吗?"范祁翻了个白眼,就他这智商,也不知道是怎么混进师大的。

陈遇一想,那上次邀请她时,她竟是在调戏他?而他……想想就觉得悲哀,本欲玩人,结果被人玩了。

翠花上酸菜:如果我现在答应你,是不是能帮你挽回点面子?/偷笑

树洞:不能。

头像灰了,该是下线了,苗西西偷着乐,转身便给苏树打电话报告,笑得乐不可支。

"要不你真来试试?"她在笑,他在听,事后,他给出建议。

"可是你知道的,我只喜欢看我喜欢的文,做编辑太博爱了,我不喜欢。"苗西西婉言拒绝。

"嗯。"

"不过我可以帮你们做后勤。"苗西西主动提议。

"所以你这是嫁鸡随鸡了?"苏树笑她。

"后勤主管,您看小女子可还适合?"

"嗯,不错不错。"

陈遇在得知苗西西要过来做后勤后,整个人悲从中来,他算是彻彻底底地体会到了什么叫区别待遇。

就这样,苗西西莫名地就沦为书侠网的后勤管事了,周末的时候过来帮忙收拾公司、订外卖、跑腿、打印文件,倒也是做得游刃有余。

苗西西这头工作爱情两不误,沈晗与季辰甜蜜依旧,而

方子染在贤良淑德的路上越走越远，李文歆沉迷游戏不可自拔，时间流逝，转眼就迎来了期末考。

对于这次的期末考，苗西西是连最后的佛脚都不愿抱了，因为她有神器在手，坚信自己这次定是可以全过的。

不过神器也有失灵的时候，比如，在面对专业考的时候。"大苏，你就帮我看下书吧。"苗西西将自己裹了一层又一层，只留下双眼睛，今年的冬天好像异常冷。

苏树正色："那是你的专业，你好好看书，这次争取不挂。"不管怎样，他都始终舍不得对她说重话。

"可是我都没有听过课。"苗西西从臃肿的袖子里伸出一只手指，钩着他的口袋，一个劲地撒娇，"要是我这次还挂的话，估计就真的进不了你家门了。"

本来苏翰生对她的印象就停留在学渣上，若是她这次又挂了，那就不是学渣那么简单了。"而且，若是其他我都过了，就专业没过的话，苏教授会觉得我对他有意见的，这就直接为以后的公媳关系留下隐患。"

为了应付考试，她还真是什么话都能想出来，居然连公媳关系都搬出来了。

"我只听过婆媳关系。"苏树依旧不为所动。

"一样的，一样的，你看哈，你妈那么爱你爸，若是我跟你爸有矛盾的话，那你妈肯定站在你爸那边呀，那我肯定就没好日子过呀，我没好日子，那你肯定也难受呀，是吧，所以，这次你无论如何都得帮我，大苏！"这歪理也不知道她从哪儿学来的，一套一套的。

"你若是把你歪理邪说的劲用在听课上，你就不用来求我了。"苏树看着她既是宠溺又是无奈。

果然正如老苏所言，学渣配学霸，乌龟配王八，倒也是平衡了。

"大苏，就这一次，一次，行吗？以后我一定认真听课，绝对不借用你的记忆，一定让你爸对我刮目相看，大苏！"苗西西每次在唤他名字的时候都总有一股子意味不明的撒娇意味，而当她刻意拖长尾音时，这种感觉更甚。

可他偏偏受了她这甜甜糯糯的撒娇："仅此一次。"

"嗯，仅此一次。"苗西西露出两截手指指天发誓。

苏翰生对于苏树突然看起了生物方面的书很是好奇，以前他可是坚决拒绝的，这几天倒好，不仅看得痴迷，还时不时向他请教各种问题。

"怎么？你打算修双重学位？现在是不是有点晚了？"苏翰生百思不得其解，"对了，你那小姑娘最近上课倒还挺认真的。"

苏树哭笑不得，只有他知道，她那哪是认真，分明是挂羊头卖狗肉，装模作样罢了。

"嗯，为了给您留个好印象。"

为了奖励苏树的辛苦，苗西西还特意跟沈晗学了织围巾，虽然织得不尽如人意，但是，怎么说也是她的心意。

考试完的当天，苗西西信心百倍，自认是达到了前所未有的高峰，苏树瞧着她乐呵呵地蹦跶到他面前，无奈地捏了捏她冻得通红的鼻子，取下自己的围巾将她严严实地裹上。

"今天怎么没围围巾？"平日里她都将自己全副武装

了，今日倒是清爽了许多。

"戴着围巾不好看小抄。"苗西西从衣袖里掏出几张字条,"虽然我有你的记忆,可是吧,我一向对这些背来背去的东西记不太住,所以为了以防万一,我得做万全的准备,这不,还真给派上用场了。"苗西西踮起脚,附在他耳边悄悄道,"还真被我给抄中了一题。"

苏树瞧着她那嘚瑟的小样,真真觉得没救了,牵过她的手握在自己手心,揣进暖暖的口袋。

苗西西一个劲地傻笑,脖子上的围巾还有他的气息,掌心握着他的温度,真好。

"考得怎么样?"苗西西这厢正和苏树热聊着,没想到苏翰生竟然悄悄地出现在他们后面,而且还询问起了她的考试情况?该不会是发现了她做小抄?

苗西西条件发射般地就站直了,这可都是在苏教授的教育下留下的阴影。

"苏教授好……嗯……还行吧。"苗西西讷讷着,她都不确定苏翰生有没有听到他们刚才的话。

"这次应该不会挂吧。"苏翰生难得一见地跟她开玩笑,还真把苗西西给唬到了。

在众同学眼中,若是能得到苏教授的一笑,那整个大学生活就已经接近完美了。

苗西西没想到,她有生之年竟然还能有这般荣誉,该说是来之不易,还是有点惶恐呢?

苗西西笑得很尴尬,这话,她该怎么接呢?

她还在挣扎犹豫间,苏树已经率先开口:"爸,你怎么在这儿?"

"我过来看看考得怎么样。"苏翰生见自家儿子护犊子的行为,脸瞬间垮了下来,空气有点冷。

……

苗西西跟苏树皆是一脸蒙逼,不过苏树率先反应过来,笑得一脸嘚瑟:"这次估计不用补考了,您放心。"

苗西西咻地满脸羞得通红。

寒假到来,本该是让人开心雀跃的日子,可天公不作美,阴雨天气一直缠绵不断,连出去玩都失了兴趣,苗西西又不想回家,大苗他们都不在,回去也是无趣,索性在苏树的工作室待着帮忙,顺便跟大苏蜜里调油一下,气气陈遇这只千年单身汪,跟范祁打趣打趣,倒也好不乐呵。

"懒猪,起床啦,太阳都照屁股了。"今日竟是难得的暖阳,拉开窗帘,阳光洒落,暖暖的,阳台上苗西西养的多肉绿植也越发精神。

这间一室一厅,苏树本意是想租来偶尔能休息下,因靠近工作室,倒也挺方便,只是这段时间倒恰好成了两人的爱巢,本来简洁的房间,经过苗西西的一番折腾布置,倒是添加了许多人气。

苗西西嘟囔了几句翻了个身又接着睡,苏树清楚她一身的起床气,便也没再叫她,去厨房弄完早餐后,开始收拾两人的东西,这冬日里难得的一次艳阳天,打算带她出去逛逛,若不然,她都快要发霉了。

约莫着过了大半个小时,苗西西才磨磨蹭蹭地开始有了起意,却依旧赖在床上不肯起。

"大苏,出太阳了呢。"

苗西西躲在被子里,看着外面的暖阳着实有丢丢兴奋,却又实在舍不得离开温暖的被窝。

"嗯,赶紧起来,我们出去玩一天。"

"去哪儿呀?"苗西西不情不愿地在被窝里打翻身,可就是起不来。

"去阳湖山庄,赶紧起来吃个早餐,我们也要动身了,陈遇他们估计早到了。"

"啊?你还约了他们呀,我还以为就我们俩呢。"

"嗯,还有网站的几个小伙伴一起,大家都好久没有放松了。"年末的时候大家工作压力都大,正好趁着这艳阳天一起出来活动活动。

"大苏!我还是不想起!"苗西西缩在被子里,露出个头,一双眼乌溜溜地转,冬天,就适合与床为伍。

苏树无奈,进去帮她把衣服挑好放在床头:"乖,都十点多了,等下陈遇他们又该取笑我是君王从此不早朝了。"

"他这是羡慕嫉妒,若是他以后得了女友,该是日日笙歌了。"苗西西伸出一只手窸窸窣窣地将衣服拿进被子,随后整个人都缩进去了,紧接着便只瞧见被子被顶得高高的。也不知这妮子怎得这么怕冷,每次穿个衣服都非得躲在被子里,硬是透不得一点风。

"西西,昨日我妈打电话来还说让我带你回去一趟。"苏树见她伸出手来,又递过件衣裳。

"啊……为什么?这么早见家长?"苗西西蒙在被窝里

问他,待到衣服穿得差不多了,这才将整个人冒出来。

"大苏,你知不知道有句话叫'人是铁,床是磁铁'?说得可真对。"

"你呀,就是懒,还偏要给自己找借口。"苏树轻轻地将她眼角的污物拨走,"我跟我妈说你怕冷,她便让我带你回去,说是给你炖点当归鸡汤,补补身子。"

"你怎么还跟她说这个呀?"苗西西从被窝钻出便直接扑到苏树肩膀,双手钩住他的脖子,苏树背起她便往洗手间走,"大苏,怎么办,我以后都离不开你了。"看着洗漱台上为她准备好的牙膏牙刷,苗西西觉得自己前世一定是拯救了地球。

"那就不离开了。"

"嗯,你可是要为我暖被窝的。"

苏树斜着身子靠在洗手间门口,看着镜子里的她,娇俏可爱,此生,他又怎么舍得放手如此这般可爱的精灵呢?她是上天送给他最好的礼物。

苗西西透过镜子,看向她身后的那个男人,他沉稳帅气,宠她入骨,她又怎舍得离他而去呢?他是她此生最大的幸福。

两人镜中相视一笑,他们有着最好的默契。

如果你所谓的爱慕只是一场无聊,那我,不屑

听说你很欣赏我

1

阳湖山庄。

"大苏,你说阳湖山庄真是陈遇他舅舅的?"苗西西站在山庄的入口,感受着山庄从里而外散发的"土壕"气息,始终不肯相信陈遇竟然是个隐形的富二代。

苏树笑而不语,牵着她往里走,陈遇下来迎他们,不断地朝苏树使眼色,苗西西佯装要踢他,却被陈遇灵活地避开:"老大,你若是生在古代帝王家,定然跟那周幽王有得一比。"

"可惜你们不是诸侯。"她当即反驳,"他们呢?"

"哦,老三带他们去烧烤了。"

"哦哦,对了,我记得范祁有一手好厨艺来着。大苏,我们也赶紧去吧。"一听到有吃的,苗西西立马来了劲。

她记得？她怎么知道老三有一手好厨艺？

陈遇虽有疑问，不过想来也不奇怪，只道是苏树告诉她的便是。

范祁带着一众小伙伴正在烧烤房玩得火热，苗西西还没进门就闻到了浓浓的烧烤香味，连跑带喊："老三，我想吃你的独门烤香蕉。"冬天吃什么最爽呢？火锅第一，烧烤第二也。

"好嘞。"范祁虽来自东北，却对烤肉非常在行，后来经过发展，竟被挖掘出厨艺方面独到的天赋，从此一发不可收拾，只要有机会就琢磨着研究新品。

而他的拿手绝活那就是独门烤香蕉。

这门手艺其实看似简单，只要将香蕉放在炭火架上进行反复烤热，然后便可吃了，但是最可恨的就是，即使是同样的设备，同种类的香蕉，烤同样的时间，却总是能烤出不同的口味来。

范祁烤出来的永远都是软软的、黏黏的，又香又糯，而且还能保持香蕉自带的香味，若是再配点他秘门自制酱的话，那绝对是人间美味。

苗西西没吃过，只在苏树的记忆中体味过，这次逮着机会，怎能不好好享受一番呢？

"老大，你们怎么这么晚才来？我们都吃了一圈了，等下打算去泡温泉呢。"龚乐正咬着一只鸡腿吃得好不乐乎。

"可乐，你得少吃点，你看你，都快成球了。"

龚乐是工作室里负责都市异能板块的编辑，也是个资深吃货，因为常年吃的缘故有点微胖，可人并不高，因着身材的原因，且名字与可乐发音相似，大家便都叫他可乐。他倒也不计较，依旧在吃的这条路上走得畅通无阻。

"此生唯美食不可辜负也。"

"同道中人也。"

范祁在她进来的时候就开始帮她烤香蕉，在他们谈话间，香蕉便已烤好，苗西西迫不及待地想要一尝其美味，因为刚出炉，烫得很，她这毛手毛脚的，还没尝到味道便先被烫着了。

苏树从她手中夺过香蕉，帮她把皮给剥了装在碗里，然后递给她一只勺子："慢点吃，又没人跟你抢。"

抢是没人跟她抢，但是想吃的欲望实在太强烈呀。

不过刚刚大苏帮她剥香蕉皮的样子真是帅呆了，浑身像是披了一层温柔的光环，撩拨人心弦。

她挖了一勺子入口，暖暖的、香香的、软软的，嗯，与记忆中的那股味道一模一样，真不负"独门"这两字。

"老三，我来烤会儿，你帮她去调点酱。"苏树主动接过范祁手里的活，有模有样地开始烤了起来。

果真是我大苏，什么东西都是一学就会呀。

苗西西站在一旁一边吃着香蕉，一边盯着苏树的侧脸发呆，看得着迷，想得也着迷，竟不知嘴边都沾上了许多香蕉，直到苏树帮她擦拭掉嘴角的香蕉时她才回过神来。

"这么好看？"苏树将他烤的香蕉剥了皮放在她碗里，"都看呆了。"

"嗯，好看。"

她倒是一点都不避讳，承认得一点都不心虚。

范祁拿着调好的酱过来:"大哥、大嫂,你们是不是也该稍稍体谅一下这一群单身汪的感受呢?"

"好。"苗西西伸手接过酱,"不过,老三,我还想吃香蕉。"

"吃多了拉肚子。"苏树替他拒绝。

范祁:"……"

他该说什么好呢?

"老大,出事了。"他们吃得正欢的时候,陈遇突然破门而入,神情凝重。

众人齐齐围了上来。

"怎么了?"苏树问。

"网站好像被人黑了。"

此话一出,大家瞬间蒙了——怎么会,按道理来说,他们也只不过是个小小的原创网站罢了,又没得罪过谁,谁会攻击他们呢?

"怎么回事?"苏树沉声问道。

"我刚才在路上用手机刷新网站的时候一直白屏,我以为只是网络不好,可我去舅舅办公室用他的电脑竟然也打不开,而且只有我们的网站打不开。"

"大家收拾一下准备回公司。"听完陈遇的陈述后,苏树有条不紊地指挥着大家,在他脸上自始至终都没有出现过惊慌之色,"你在这边继续玩会儿?难得的好天气。"

苗西西摇了摇头:"我跟你们一起回去吧,虽然帮不上什么忙,但是在你旁边我也安心点。"

"嗯。"

回到公司，大家各就各位，苏树发出指令："老二，你查一下服务器是否存在问题，FTP的账号是否安全；老三，你查一下后台是否还能正常运行，以及页面源码中是否存在危险链接，或者乱码之类的，如果没有，再进行一遍木马的检测，我这边先做一遍程序的筛查。"

而这一忙，他们几个网站的主创竟一直忙到了凌晨，晚上帮他们点的外卖都没人吃。

她看着也帮不上什么忙，心里忐忑不安，唯一能做的便是陪伴左右。

苗西西越是闲着越觉得自己没用，将外卖热了热，打算给他们做夜宵吃。

"大苏，要不你让他们先吃点东西？大家回来后都没怎么吃东西。"

苏树正在检查网站的代码，苗西西站在他身后看着电脑屏幕里一行行密密麻麻的字母从她眼前划过，它们认得她，她却不认得它们。

"西西，你先回去睡会儿，我这边弄好了就回来。"苏树头也没抬，只是安抚了她一句。

苗西西不敢再打扰他，怕他分心，便在旁边的座位上等着。等她猛然惊醒的时候，竟发现自己睡在房间里，却遍寻不见苏树的身影，沉下心来一想，才知道昨晚自己竟趴在办公室睡着了，苏树半夜将她抱回的？

当下，苗西西生了些懊恼，帮不上忙，偏生还要惹出麻烦来。看了下时间，竟才六点。

她利索地起床，打开手机开始搜索煮粥的方法，将食材都准备好后开始收拾自己，事情妥当后，也已快到七点。

苗西西提着自己首次下厨的作品忐忑不安地来到工作室，陈遇跟范祁正趴在桌子上睡得正香，而苏树依旧坐得笔挺，精神爽朗。

"今天怎么这么早就起了？还煮了粥？"苏树正要拿过她提在手里的保温杯，却被苗西西手快地又藏到了身后。

"那个，我还是帮你们去买点早餐吧。"苗西西转身就要往外跑，她这般手艺，实在是不敢拿出手呀。

苏树起身一把抓住她，夺过她手里的保温杯："不是说你所有的第一次都给我吗？没事，我不介意。"

"可是，会不会太难吃？"苗西西发誓，她真的是要煮粥的，谁知道最后竟然成了稀饭？而且稀饭还煳了。

"不难吃。"苏树像是为了证明他所言非虚一般，连着吃了好几口。

苗西西不知道是不是真的能吃，总之，她自己没敢尝。

"老三，你煮的饭是不是煳了？"陈遇睡眼惺忪地醒来，迷迷糊糊地问了一句后又接着睡了。

"可是我没煮饭呀，怎么会煳呢？"范祁嘟囔着，揉了揉眼，"老大，你在吃什么？"

"爱心早餐。"

"哦，我知道了，大嫂的爱心早餐煳了。"这下他又可以放心地睡了。

爱心早餐……煳了……

苗西西欲哭无泪地说："呃……我还是出去再给你们买点早餐吧。"

苏树看着她逃也似的背影，心口一股暖流流过，还连带着涌起一股反胃，这小妮子估计是把盐当糖放了，咸得他这一周都估计不想吃盐了。

一口气冲出工作室，苗西西瞬间像是泄气般蹲坐在门口，泪悄无声息地流下，分明那么难吃，他却吃得那么香。

昨天一整日的艳阳，今日又是冷风飕飕地刮，苗西西迎着寒风，又哭又笑，一把眼泪一把鼻涕的，无所畏惧。

"老大，我刚才在来的路上看到大嫂哭了。"龚乐来得早，顺便给他们都带了早餐，他刚从早餐摊那边过来便瞧见了苗西西像个小孩子一样哭得稀里哗啦的，他也不敢上前打招呼。

"嗯。"

苏树记得，她哭过的次数屈指可数，第一次是因为考了倒数第一，被点名了，小小年纪，自尊心受挫，哭了。再后来，倒数的名次拿得多了，也就习惯成自然了。

第二次是因为跟奶奶顶嘴被大苗打了，从那以后，她便再也没有跟奶奶顶过嘴。

第三次是高考成绩出来，学渣竟是黑马，突然爆发，分数恰好踩在尾巴上，哭得一塌糊涂。

仅此三次，加之这次，四次。

而他有幸成了她其中一次落泪的源头，胸口微微泛酸，原来他一直不曾知道她竟也这般感性多愁。

2

网站的事情直到第二天才搞定，经过程序检查，发现是被人故意植入了恶意代码，经过处理后虽得以恢复，但所有的数据都丢失了，幸好做了备份，可作者的后台数据却被全部清空，接下来的恢复工程浩大。

连续忙碌了几天后，网站才得以真正恢复。

"老大，我觉得这事定是有人搞鬼，不然，我们一个小小的网站还能莫名被人黑了不成？"几天的加班下来，陈遇也沧桑了不少，胡楂都冒出来了。

"嗯，我跟踪了下代码源，来自学校附近的知音网吧。"苏树依旧保持着他的淡定，不急不躁，不过他也是好奇，恶意的代码源怎会是出自那里，如果说是巧合，那未免也太巧了吧。

"该不会是谁嫉妒我们，故意的吧。"陈遇拍桌而起，一双眼布满了血丝，此时愤怒加身，更显得有些狰狞。

"老三，你跟知音的老板相熟，等下去查看下视频，看看最近有没有可疑人出现过。"

相比之下，苏树倒是没有陈遇这般愤怒，对方既然会这么做，那这中间定然是有故事发生的，万事有果便有因。

这厢事情还在调查之中，陈遇这边倒是接到了一个好消息，之前他一直在跟进与博文那边的联系，没想到今日博文的总监竟然主动联系上了他，并且约他敲定《猎罪》的影视版权事项。

"果然，大难不死，必有后福，老大，陈俊那边约我明天中午谈影视事项。"前一秒还愤怒至极的陈遇，这一秒却已是喜笑颜开。

"嗯，你明天跟范祁过去，穿得正式点。"

"你不过去？"

"我明天去网吧查下视频。"他总觉得这件事有蹊跷，虽然范祁在进行调查，可他依旧觉得异样，所以，还是决定亲自去一趟为好。

"可是，我怕我压不下场。"陈遇倒是诚实，"对方毕竟是大官，我……"

"他是总监，你是总经理，不相上下，放心去吧，再者，你还有范祁这个帮手呢，两个总经理对付不了一个总监？"苏树取笑他，"你们明日去时不必着急签合同，先了解一下对方的计划，我们还是希望一个作品卖出去了能对作者跟作品负责。"

两人应下。

晚上，苗西西问起他网站的事："你真的怀疑是我们学校的人做的？"

"嗯，总觉得不会有人无缘无故地来黑我的网站，若是闲得无聊，那定然不会做得这般隐晦，可若是高手，他定又不会屑于黑我们这种小网站。"

"有人恶意报复？"可以苏树的为人应该不至于招来这种孽缘才对。

"只是有这种感觉，既然代码源是来自知音，我自己去查看下总归放心些。"

"那我跟你去。"

翌日一早，陈遇跟范祁前往约定地点谈合作事宜，而苏树与苗西西前往知音网吧，来之前范祁跟网吧老板打过了招呼，老板倒也热情，二话没说便把最近七天内的视频记录都给了他们。

学校附近的网吧一般情况下不管白天黑夜生意都异常的好，一来是有空调，二来是许多大一新生找不到消遣，便待在网吧打发时间，所以，前来的也大都是大一的，若是店内电脑装备稍微高端点，那就更具吸引力。只是这段时间是寒假，店内生意倒是比较冷清，倒也方便了他们查看视频。

两人一路看下来，没有发现什么异样的地方。

"我听范祁说你们网站被黑了？代码源的IP出自这里？"老板突然进来，"如果真是我们这里的话，我倒是觉得有个人还挺可疑的。"

两人默契地同时抬头："谁？"

老板过来调了下视频进度，跳到一个背影的时候将其画面暂停放大，他坐的位置正好是在摄像头下，拍不到全景，瞧不清具体的相貌。

"这个男生前几日每天都来了，总在那个位置，很安静，也不玩游戏，待个上午或是下午就走了。"

"老板你记得他长什么样吗？"苗西西问。

老板沉思了会儿："没什么具体的印象，不过他总该有离开或者上厕所的时候，我看到了应该能知道是哪个。"

可是，即使他们把视频来来回回地看了好几遍都没有找到熟悉的影子,想来他该是刻意避开了摄像头。

"喏,这个。"正当几人准备放弃时,老板突然指着一个人,画面无限拉大,一个一米七八高度的男生,戴着黑色的帽子,围着大红色围巾,穿得很是厚实,他们仅能瞧见一个模糊的侧脸。

"老板,你确定?"

"嗯,应该是他,当时他直接充了一百块会员。"寒假人少,每天来这儿上网的人并不多,充值的也就更少,老板对他多少也是有点印象。

"那老板,你帮我查下当天的充值记录。"

"对,现在都是实名上网,应该是能查到身份证信息的吧。"苗西西附和,她倒是想看看到底是谁莫名其妙地黑他们。看着这人的背影也不像是她认识的人。

"可身份证信息我们不能泄露的。"老板显然很为难。

"老板,你就只帮我们看下他的名字就好,我们只想知道他是不是我们学校的人或者我们认识的。我们这往日无仇,近日无冤的,突然被人黑了网站,也总归心里不爽是吧。我保证,我们都是小天使。"苗西西一个劲地朝老板卖萌撒娇,"再者说了,范祁的为人你总信得过吧,我们跟范祁是铁哥们,绝对不是坏人。"

莫非还有自己说自己是坏人的?

老板终是没拗过苗西西一腔小机灵,最后帮了他们。

"大苏,你真要入侵学校系统?若是被发现了怎么办?你都快要毕业了,若是因此延迟毕业的话那多划不来?"苗西西趴在桌边,盯着苏树十指如飞地敲击着键盘。

他的手指真好看,骨骼分明且白皙修长。他不喜留指甲,每次都修剪得干干净净。

而他每次修手指的时候,苗西西总会凑过来让他顺便帮她也弄下,只可惜苗西西的手并不好看,有点婴儿肥,也不长,典型的短肥粗,为此大苗还总嘲笑她说这双手是要嫁入豪门的手。

不过苏树却很是喜欢,说软软的,捏起来很有手感。

苗西西有时也会无理取闹吵着闹着说要跟他换,他却说她的手是有福气的手,是值得他好好保护的。

"大苏,要不我帮你吧,你告诉我怎么弄就行。"苗西西从盯着他的手转战到他的脸。

他的脸也真好看,朗目俊眉,温润如玉,一双眼里藏着稳重,可却在看她的时候像是一汪清泉里流淌着温柔宠溺,让人沉沦。

"那你留级一年?"苏树用他那双她特别喜欢的手抽空摸了摸她的脸蛋。

"没事呀,你先毕业,然后赚钱了养我就行,反正我觉得多过一年大学生活也没什么不好。"苗西西双手托着下巴,满心满眼都是爱意,此刻的她在苏树眼里像极了一只求抚摸的懒猫。

"放心吧,不会被发现的,我只是进教务系统查看下有没有这个人而已。"苏树给了她一个放心的眼神。

"哦,好吧。"说完,她趿着拖鞋往客厅里走,还故意弄出很大的声响,生怕他不知道她离开了一样。

夏泽，体院大二学生。

"西西，过来下。"苏树温柔地唤着她，浅浅的、柔柔的，温柔如水。

苗西西像只被主人召唤的小猫，趿着拖鞋啪嗒啪嗒地跑过来，直接扑倒在他的怀中。

"好啦？"

"嗯，你看看这个人，有没有印象？"

苗西西看了半晌，摇了摇头。

"我见过两次。"

"啊？什么时候？"苗西西纳闷，若是他有记忆的话她不可能不知道的呀，除非他的记忆很浅薄。

"他跟踪过你两次。"

"什么？"跟踪？这也太天方夜谭了吧，而且她怎么一点感知都没有？

"隔你比较远，每次见到我后就走开了，我当时没怎么留心，现在看到照片倒是有了些印象。"

苗西西不曾想自己竟然还有这魅力？"所以他才是故意黑你网站，报复你？"

"不确定。"

"他寒假都在网吧的话，应该还在校吧，我倒是要去问个明白。"苗西西想她这是招谁惹谁了，竟还有这般事落在她头上，"对了，是体院的是吧，那我去问问染染，她或许认识。"

苗西西想一出是一出，当即便给方子染去了电话："染染，你认不认识一个叫夏泽的人，你们体院的。"

方子染那边吵闹喧天，过了好一会儿才安静下来："你刚说谁来着？夏泽？"

"嗯。"

"我们隔壁班的呀，一个男生安静得不像话，我都从没见他说过话，他怎么你了？这么火气冲冲的。"

"他黑了大苏他们的网站，气死我了。"

"哦，对，听说他计算机还挺厉害的，只不过他干吗要黑大神的网站？哦哦，我想起来了，他该不会是报复大神吧？"方子染像是想到了什么，说着说着就笑得不可自抑，"那家伙好像喜欢你来着，但你不是跟大神在一起了吗，他许是气不过，找个地方发泄发泄。"

这也能当作是发泄？

"方子染，你无耻。"

方子染觉得自个还挺冤枉，不过她大人不计小人过："你们既然知道是他做的了，直接打电话找他问个清楚不就行了？"挂了电话后不久，方子染便给她发过来一串号码。

也是。

苗西西二话不说直接挂了电话，拨通对方的电话。

"喂。"声音清澈，却听不出丝毫的情绪。

"你是夏泽？"

"对。"

"我是苗西西，你为什么要黑苏树的网站？"对方越是平静，她就越是气愤。

"没事，闲着无聊。"对方似乎丝毫不惊讶她会来质问，依旧语无波澜。

"你……"苗西西被他气得半天都吐不出一个字。

苏树接过电话:"你好,我是苏树。"

"我知道。"

"只是闲着无聊?"苏树辨不出他语气里的情绪,整个人就像一口冰窖,无人能靠近,"原来你所谓的爱慕,只不过是一场无聊。如果你光明正大地向我发起挑战或者向她表明,或许我还能看得起你,可如你这般只会躲在角落里的人,我不屑。

"哦,对了,破你那代码我仅费了一个晚上,而你写那个代码却花了三天时间吧,这就是差距。"

苗西西眼中的苏树,对人温和有礼,对她宠溺入骨,却从不曾发现他也有如此狠戾的时候。

3

"老大,你们人呢?事情查得怎么样了?我跟老三回工作室了。"陈遇打电话来,言语间透着兴奋,想来这一趟定是带回了好消息。

苏树与苗西西赶往工作室,他们还没迈进大门,陈遇迎着他们便开始说起来。

"老大,这次的影视签约绝对有戏,喏,合同我带回来了,条约方面我看了没什么问题,而且根据他们的安排,明年3月便会开拍。"

苏树接过合同,从头至尾仔细地看了一遍:"对作者有什么要求吗?"合同内容确实让人心动,但是他还是得对作者负责。

"作者？这个版权在我们手里，跟作者有什么关系？"陈遇不解，再者，若是能影视改编，这对作者来说难道不是一个机会？

"有些制作方会要求作者跟组，毕竟故事的真核只有作者本人最清楚，再者，我也不希望他们把一个好好的故事改得面目全非。"

其实苏树又有些无奈，若是真的能签约影视，高兴还来不及，又怎么会计较这些呢？可是，现在的IP市场真的是内忧外患。

"这个他们倒是没有提，不过提了他们的计划，听闻他们这次有意请凌牧导演来制作，而凌牧导演是圈内出了名的严谨苛刻，对于制作水平倒是不担心吧。"当时陈遇听说是凌牧背后的制作团队操作，他倒还蛮期待的。

"嗯，合同没什么问题，你跟作者那边协商下，看看他有什么要求没，如果不是什么太过分的，试着跟博文那边谈一下，还是尽量为作者争取下利益。"

"老大，这没必要吧，若是哪天他辉煌腾达了，直接甩我们而去，那我们做的岂不是无用功？"陈遇觉得人心这种东西捉摸不透，所以，大家各取所需，各自得益便好。

"若是他真有朝一日红了，你请他帮个忙他还能不帮？如他真甩我们而去，我们也没损失什么。"

"好。"

一天之内，苗西西见到了两个截然不同的苏树。

一个狠戾到要将对方踩到尘埃，另一个却宽厚到可以包容一切。

两天后，与博文的合作正式签约，这也算是书侠网自成立以来最为激动人心的一次历史性的进程，为此，苏树决定将上次未完成的活动继续，厦门三日游。

"老大，能带家属吗？"龚乐最先发问。

"你有家属可带吗？"陈遇直接怼他。

"有个正在追。"瞧那脸上的桃花真是遮都遮不住。

"那必须带。"苗西西一锤定音，"不过，得你自己出钱哦。"

"这就开始管钱啦？"陈遇打趣她。

"不是呀，这是给他表现的机会嘛。"苗西西可不承认自己有管钱的资质，钱管她还差不多，"那既然可乐都带了家属，要不要我帮你们这几个单身汪叫几个美女来呀，说不定也有成为家属的机会呀。"苗西西机灵一转，也不知道染染他们会不会出来。

"乐意之至呀。"

晚上，苗西西在群里跟大家伙视频，方子染表示她非常乐意，因为她实在是不想待在家里了，睡个懒觉不行，熬个夜也不行，一餐没吃饭也不行，总之，各种不自由，她还不如出来得自在。

沈晗倒是无所谓，说是问问季辰的意思，如果去的话就一起。

而李文歆自从放假之后基本是整日沉迷于游戏，让她拿玩游戏的时间去玩，那简直是浪费人生。

如此说来，也就染染一个单身，这资源实在不平衡，苗西西便让染染去找几个单身女伴，凑合热闹热闹。

苏树在做了全程旅游攻略后将时间定在两天后启程，到时厦门天气正好，适合游玩。

"大苏！"苗西西趴在床上无聊地玩着小游戏，有事没事地叫上一句。

"嗯。"苏树一边忙活，一边应答着她，两人竟也不觉得无聊。

"对了，染染那边几个人？"

"应该是四个女生吧，刚好搭配上你们工作室的单身汪，哈哈，这被我变成一次联谊了。"

"人多的话我们就直接住青旅吧，方便也好玩，也利于沟通。"苏树将选好的客栈画掉了，选了个评价都还不错的青旅。

"可是我想住榻榻米海景房，我还要那种有吊椅的。"

"最后一晚自由活动时再去住好不好？"苏树哄着她，"我刚好看到了一个，你应该会喜欢，到时我们去住。"

苗西西突然从床上一跃而起，直接奔向他给了他一个大大的香吻后又迅速逃离。

跟他在一起，她只要全身心做着她的小公主就好。

苏树见她赤脚就这么跑来跑去的，本身就体寒，还一点都不注意，也是拿她没办法。

"对了，明天去一趟我家吧，我妈都念叨好几次了。"他想起体寒这事，又想起家里还有个迫不及待想见未来媳妇的婆婆。

"我能不去吗？"苗西西有些怯，这是见家长的节奏呀，未来公公都说她是乌龟了，也不知道这未来婆婆会说她是什么。

　　"老沈很好相处的，比你还少女心，你看苏苏就知道了，放心，她也是关心你。"

　　虽说是这么说，但那毕竟是未来婆婆呀。"那我是不是应该买点礼物呀？可是我又没少女心，也不知道要买什么呀？"她又问。

　　苏树怎能不懂她那点小心思："明天我陪你一起去。"

　　"么么哒！"

　　沈青一如苏树口中所形容的那般，也许是因为工作的原因，又或许是老苏太过宠爱，沈青即使四十多岁了，依旧元气满满，少女心满满，若是旁人看来，那是绝对猜不到她的年纪的。

　　"阿姨好。"苗西西初识之下还是表现得很乖巧的。

　　"这就是西西吧，真好看。"今日老苏不在，她这才好不容易撺掇了苏树将姑娘带回来瞧瞧。嗯，这姑娘她喜欢，有她当年的伶俐劲。

　　被人这么直白地夸好看，苗西西还真有点受宠若惊。果然，老沈跟苏苏是一个德行，真是有其母必有其女。倒是苏树，也不知道像谁，敛去了老苏那股严肃，也没老沈那般活泼外放。

　　"大苏，去给西西拿换鞋，我特意去买的，放在你房间的那个鞋柜了。"老沈似乎指挥苏树很是顺手，果然大苏在家的地位真是最低的，毫无作假呀。

可是，面对如此卡哇伊的拖鞋，她能拒绝吗？粉嫩粉嫩的，还长着两只毛茸茸的耳朵是个什么鬼？

"对了大苏，我把菜都买回来了，今天你下厨哈，我跟西西聊会儿天。"

"……"

苗西西不再怀疑苏树之前所说的老苏家一切老沈做主。

苏树倒是毫无怨言，默默地去了厨房。在苏家，厨房永远是男人的战场。

"西西呀，听老苏说你是大二了是吧？还有两年，到时等你毕业了，就直接结婚吧，就你们俩这颜值生的孩子肯定特别棒。我呢，到时就给你们带孩子算了。"沈青对于自家儿子的颜那是相当认可的，见到苗西西后便对他们的后代更感兴趣了。

苗西西被问得一脸羞红，厨房里的苏树嘴角微扬，心情愉悦。他也很是期待他们的孩子会是怎样，若是女孩的话还是要像她才好，可到时他定是舍不得将其嫁出去的。就像老苏，现在就开始担心起苏苏来了。

苗西西在心里暗暗地啐了一口，感觉老沈想得真远。

苏树在心里回她：因为是你，所以我把我们以后要做的事都一并想好了。

"对了，西西，哪天你爸妈有空，咱们约个时间一起吃个饭吧？"沈青是典型的想一出是一出，在某些方面，苗西西与她倒是有些相似的。

"……"

这未免也太快了吧，大苗都还不知道她谈恋爱了呢。

"那个……阿姨，我……"苗西西有些不知所措。

这时，苏树赶紧跑出来救场："妈，西西还小，现在不急哈。"

"怎么就不急了，若是现在就认识了，那我跟亲家母也能经常一起约着打打麻将，做做美容什么的嘛，提前打好关系，到时去提亲那不就容易多了？西西，哪天你把你妈介绍给我认识哈。"

果然，姜还是老的辣。

苗西西唯有不断点头应好，介绍老宋倒是没什么问题，大苗那里就暂时还是算了吧。

"对了，听老苏说你跟大苏是学渣配学霸来着？"

苗西西一口老血堵在心口，急欲喷薄而出，就差临门一脚，可是对此她能说什么呢？她也很绝望呀。

瞧着苗西西表情有些怪异，沈青拍着她的肩膀，沉声道："这事你不用在意，当年我也是学渣来着，那老头还不是被我制得服服帖帖的？所以女人呢，学渣学霸不重要，只要能制住自己的男人就是好样的。"

怎么办？说得好有道理的样子。

"我看我们家大苏估计是被你制住了吧。嗯，好样的。"沈青笑得贼眉鼠眼，"我们苏家的人没什么好的，就只有一点，专情，所以啊，你们俩以后一定要好好的。"

苗西西很窘，这到底是在夸她还是在夸儿子？

熟悉了沈青的聊天套路后，苗西西也不再拘谨，两人倒也颇为聊得来，甚至还约好了饭后一起去逛街，直接将在厨房辛勤劳作的苏树抛之脑后。

"大苏,饭菜好了没?我都饿了,等下吃完我带你媳妇去逛街哈,你先自个回去,逛完我送她过去。"

苗西西开始同情起苏树来了,在学校,多高高在上的一人儿,校园风云榜榜首,世人只道是一见误终生的苏哥哥,在家竟直接沦落为了家庭保姆。

一桌饭菜上齐,苗西西还是被震惊到了,水煮鱼头、糖醋排骨、酸辣鸡杂、酸熘土豆丝、手撕包菜、当归炖鸡,除了最后一个,一溜儿全都是她爱吃的。

当归炖鸡。

当时好像还是大苏说老沈特意为她炖的来着。

"西西呀,听大苏说你体寒,这鸡我一早就炖着了,你多吃点,等下没吃完打包走,这个对女孩子身体好。"

"好。"经过老沈的一番洗礼,似乎没有她不能坦然接受的了,也不知害臊这词为何物了。

不过大苏会做菜她是知道的,只是没想到这手艺竟然这般好,想来都是被逼的吧。苗西西窃笑。

"西西呀,我跟你讲,若是你嫁进来,那绝对不亏,我们家老苏、大苏做菜都比我厉害,不过他们一般不下厨,非得要我这个二流手来。想着若是你以后嫁过来了,那我也就能经常蹭大苏的饭了,他定是舍不得你下厨的。"

嗯,他确实舍不得她下厨的。

一次饭后洗碗,苗西西觉得天天好吃懒做终归不人道,且大苏那么好看的手又是做饭又是洗碗的,她都有些心疼了,所以她难得地想要表现一下,结果就被他给阻止了,还说她这般白白胖胖的手就该好好养着。

　　白白胖胖的……

　　就该养着……

　　那她,就养着吧。

人生漫长，得找个有趣的人

听说你很欣赏我

1

饭后沈青非要拉着她去逛街，苗西西虽不太喜欢跟长辈逛街，但是却也耐不住老沈的热情，惨兮兮地跟苏树告别后，两人手挽手地进军商场。

而她发现，跟长辈逛街已属不易，接受沈青的眼光更是不易。

老沈每每瞧见那种特别卡哇伊的衣服都总是要拿着在她身上比画比画。苗西西虽然少女，但是她却极其不爱这种可爱的装扮，她大多都是简洁清新的。

当然，让她尴尬的远不止如此。

沈青最终挑中了一件粉嫩粉嫩的少女款羽绒服，荷花边，帽子处还带了两个毛茸茸的球，非要让她去试试。

苗西西推辞不掉，只得厚着脸皮去试，在换衣间的时候一个劲地向苏树求救，苏树却是让她好好体验少女的感觉。

着实别扭，她都二十岁的人了，穿了这衣服，再加之她本就身格小，越发像个小孩，粉嘟嘟的小孩。

"阿姨……这个，我穿了是不是有点太……"

"苗西西！！！"

这声音、这嗓门、这语气，怎么那么像宋丽君？

"妈？"

不是像，而是本就是宋丽君，她今日恰好跟同事出来逛街，谁知道竟然看到了自家女儿。

"亲家？"苗西西惊恐不及，可沈青却已热络地上了，"您是西西妈吧，您好，我是苏树的妈妈。"

宋丽君一脸蒙逼，苏树是谁？亲家又是谁？

苗西西一时不知道怎么开口，倒是沈青一路门清："哦哦，您还不知道吧，西西正跟我家苏树谈恋爱呢。"

苗西西浑身的因子都已做好迎接十级地震来袭的准备。

可是，这个世界怎么突然这般安静？

"谈恋爱了？"宋丽君若有所思地点了点头，"所以大苗生日那天奶奶说有个男孩子送你过来的，就是他？"

奶奶真是个靠不住的，说好的不说，怎的还是说了？可抱怨还是归抱怨，苗西西老老实实地点了点头。

"妈……"苗西西低着头脆生生地叫了一声，"我不是故意瞒着你的……"她是有意瞒着的。

"恋爱了。"宋丽君又念了一遍，竟有种失落的感觉，"所以你这段时间没回家都在他们家？"

"啊？没有，没有，我在做兼职。"苗西西蔫了，这真是有口说不清啊。

"哦，我儿子有个工作室，西西在那边兼职来着。"沈青立马补充道，她一定要为儿子在未来丈母娘面前争取有个好印象。

"那估计就是在那儿打个酱油。"知女莫若母也。

"那个，妈，这事我……"苗西西欲要解释，她突然觉得瞒着老宋好像挺不对的，女儿恋爱了还要别人来告诉她，心生不忍。

"那个西西妈，你放心，我家儿子很好的，西西嫁过来肯定不会吃亏的，若是我儿子欺负她，我定站在她这边。"沈青为了儿子能娶个媳妇也是一张老脸都豁出去了，"对了，西西妈，我刚才还说有机会想要认识你一下呢，既然这么巧，那咱们一起喝一杯？"

老宋这气压有点低呀，也不知老沈能不能hold住呀，苗西西暗暗地想着。

她们两个长辈去喝咖啡了，苗西西躲旁边的甜品店点了杯冰激凌，她需要解压。

"大苏，秀才遇上兵了。"苗西西有气无力地跟苏树打电话撒着娇，一边挖着冰激凌。

"怎么？你把你妈比兵还是比秀才？"苏树笑她，"对了，你日子快来了，少吃点冰的。"

"哦。"口里虽应着，手却是机械般又挖了一大口入腹，这大冬天的吃冰激凌果然够味，冰得人大脑刺溜一下就清醒了，"你妈是兵呀。"

沈青就是一个无厘头少女兵。

"放心吧,我妈能搞定的。"苏树安慰她。

"要是没搞定呢?"

"那我晚上亲自上门搞定。"

"不要,你就算能搞定我家老宋,也搞不定大苗,唉。哦,她们出来了,我过去了哈。"

苗西西瞅着她们回来,贱兮兮地小跑着过去,挽住宋丽君的手撒娇:"妈,老宋,我错了,我不该不跟你说的,你打我吧,骂我也行。"在老宋面前,主动认错才是王道。

"刚才那件衣服挺好看的,去买了吧。"老宋竟然不接她的茬,还说到了那件衣服,这局面,让她很焦躁呀。

而且,那件衣服哪里好看了?分明很幼稚的好不好?

"女孩子是要穿得可爱点。"所以,老宋这是被老沈洗脑了吗?这中间到底发生了什么?

至于那件苗西西嫌弃不已的衣服最终还是被逼着买下了,而且还让她当场穿着。

她能拒绝吗?显然不能。

苗西西穿着新衣到工作室的时候,苏树虽是有了心理准备,可是在看到的时候还是不免笑出了声。

"真的很幼稚吧,可是你知道被她们逼着买的我是种怎样的心理吗?天啦噜,嗯,就这样的。"苗西西悲愤地腻在沙发里。

"没有,挺好看的。"苏树憋着笑。

"那你还笑?"

"只是有种带小妹妹的感觉。"苏树实话实说。

小妹妹……

小妹……

小……

苗西西满脑子都只有小这个字了。

晚上，苗西西还是决定回去赎罪，苏树本欲一同前往，却被苗西西很坚决地拒绝，她表示她能"舌战群雄"。

到家的时候，宋丽君已经在家等着了，却不见大苗。

"你们俩到什么地步了？"宋丽君直接开门见山。

"刚见完家长的地步。"苗西西低着头，态度诚恳。

"我不是问这个。"

"那是哪个？"苗西西一双眼黑白分明，抬头与老宋直视，无辜得让人舍不得说一句重话。

也难怪大苗将她宠得不像样。

"苗西西，我可不是你大苗。"

呀，老宋来火气了！苗西西立马察觉事态不太对。

"妈……"

"说。"宋丽君气场全开，震得苗西西小心脏扑通扑通直跳，此时此刻，她多希望大苗在呀。

苗西西咬着嘴唇再也不敢直视宋丽君，本来仅剩的那半点底气也被消耗殆尽。

宋丽君一下子像是泄了气一般，平静地道："哪天带那小伙子过来看看吧，我倒是要看看是怎样的一个人把大苗的心尖尖给掐了。"

"妈，你同意了？"苗西西喜出望外。

宋丽君叹了口气，女大不由娘。

"你想一想怎么跟你大苗说吧，他可是一直把你宠心尖了，要知道自家的好白菜被猪拱了，也不知道他会不会气出病来。"

"妈，你就好人做到底吧，帮我吹吹枕边风什么的。"

"苗西西！"

"妈，妈，我错了，我错了。"

两日过后，一群人飞厦门，方子染一见苗西西又是亲又是抱的，还连连询问她关于嫁娶的事宜。

苗西西则是笑着让他们开始准备好大红包。

"老大，你真打算这么早就进坟墓呀？"陈遇觉得若是刚毕业就结婚，简直是自断"前程"，人生如此漫长，何不潇洒走一回，非得如此早就走进婚姻呢？

苏树沉默了数秒，他说："人生漫长，找个对的人早点开始一段新的旅程，我觉得挺好。而有的人，你在看到她的第一眼就已认定了非她不可。"

"你家大苏简直就是个行走的情话boy。"沈晗掐了掐季辰，"学着点。"

季辰一脸苦闷："他文院的，我体院的，这没办法呀，天生的。"

众人大笑不已。

"我决定了，我也要去寻我的第一眼了。"方子染也不知是不是被刺激到了，猛地一拍大腿，信誓旦旦。

可是，染染发过的誓太多，见过的第一眼也太多。

厦门的风景一如画中所画，书中所说那样，面朝大海，春暖花开，带给人最温馨惬意的美的享受。

苏树把攻略做得妥妥的，一来便带大家在曾厝垵寻找美食。一伙人吃得欢乐，吃饱喝足后在海边逛逛，脚踩沙滩，追逐着扑打的海浪，欢欣雀跃。

晚饭过后，自行车骑行环岛路，赏着最美的夜景，椰树成排，灯光暖暖，投影之下，逆风而上。

许是年轻，似总有使不完的力气，讲不完的笑话，笑不停的欢乐，一群人结伴而过，总能掀起一片闹潮。

晚上入住青旅，恰逢店里一群旅客在玩狼人杀游戏，便一同加入。大家来自天南海北，高谈阔论，只因缘分，所以相聚在这儿，没有年龄限制，没有阶层观念，没有男女之别，大家都沉浸在这样的欢乐氛围里，迟迟不愿散去。

对此，染染还加了好几个人的微信。

而这，也莫属染染收获最大，因着她豪爽的性格，自然吸粉无数。

第二日，厦大、普陀寺、中山路，完了后赶上最后一趟轮渡前往鼓浪屿。这一晚，大家自由活动，房间也是根据自己的爱好订的，之前就因着苗西西想住有榻榻米的海景房，苏树便满足了她。染染是个懒人，也不计较，所以跟着在旁边随便订了间房。

累一天了，苗西西只想赶紧与床来个亲密接触，可谁知染染却精力特别好，还非要拉着西西去她房间。

"染染，我好累好困，有什么事能明天吗？"苗西西是真的累了，这走上走下的，可真是一点都不轻松。

"不是，我给你们带了宝贝，晗晗的我已经给她了，你的我还没给呢。"方子染一脸神秘。

"什么呀？"苗西西不知道她这葫芦里到底卖的什么药。

"哈哈，你等会儿哈。"说着，方子染翻出了iPad，然后翻到一个视频，"西西，这个你懂的吧？"

……

方子染这个色魔，居然随身携带这个，她本来的那点瞌睡虫全被她给挤走了。苗西西欲哭无泪，好了，这下连大苏都知道她看片了。

染染，你真是害人不浅呀！

"染染，我觉得吧，这个你还是留着吧，我先回去了。"这是个是非之地，她还是赶紧逃得好，却被方子染一把抓住，还塞了个东西到她手上，这是什么？

不过按照方子染的德行，估计也不是什么好东西吧，她还是赶紧撤为好，等她回到自己房间时，苏树竟一脸春风地看着她。

苗西西竟一时之间不知该如何开口："那个……大苏，我，染染她……"染染，都被你给害惨了。

苏树却只是手朝她伸开。

"什么？"苗西西纳闷。

"刚刚方子染给你的东西。"

"哦。"苗西西总觉得现在的苏树有点奇怪，二话不说便把东西给了苏树。

苏树倒也不避嫌，当着她的面放手里看了看……

方子染，我要杀了你！！！苗西西内心在咆哮。

专业坑队友一百年呀。

"西西，我觉得你以后还是不要跟染染走得太近。"苏树轻描淡写地说着，却是将东西收进了行李箱，"既然她都买了，那先留着，以后再用。"

"……"她能说什么呢？

"睡吧，今天都累了一天了。"苏树起身准备去洗手间，却被苗西西突地叫住："大苏。"

"嗯？"苏树回头，眼里一望无波。

"那个，我有你早上……生理反应的记忆……"苗西西说完赶紧低头，不敢与之直视。天啦噜，她到底在胡说什么，说完立马躲进被子里，遮得严严实实。

"西西，我会觉得你这是在暗示我什么。"苏树低沉的声音从上而下传来，尤其是在唤她名字的时候，似是带着某种蛊惑。

"没有，绝对没有，你赶紧去洗澡吧，我睡啦。"苗西西恨死方子染了，出来玩都竟想些个歪主意。

苏树俯身而下，头抵着她的头："西西，我还受得住。"隔着棉被，缠缠绵绵。

第三天，一整天苗西西都没搭理方子染。

沈晗是个明白人，脑子一转便知道是为了什么："染染，你还是赶紧嫁了吧，尽祸害人。"

"就是。"苗西西附和。

2

大年三十，阖家团圆，团圆饭后大家都围炉看春晚守岁，随着倒计时响起，外面爆竹声声，烟花绚烂，苗西西准时给苏树打电话。

新年的第一声祝福，她定是要给他的。

"大苏，新年快乐。"外面太过吵闹，苗西西几乎是吼出来的。

"西西，新年快乐，顺便代我向叔叔阿姨问好。"苏树那边似是也很吵，但即使很吵，她也能从喧闹之中分辨出他的声音，然后听清他说的每一句话。

"大苏！大苏！"苗西西有些耍无赖似的叫着他的名字叫个不停。

"西西，你去小木屋那儿。"

苗西西每年过年都是在奶奶家过的，今年也不例外，只是大苏怎么突然让她去小木屋呢？

"怎么了？"

"枕头里面有我送给你的新年礼物。"

"啊？我怎么不知道？"

"我让陈遇去放的，你可能没怎么注意。"经过两人这段时间的相处，他发现了一个问题，虽然彼此会发生记忆共享，但是，却也是有选择性的。

就像有些记忆，连自己都不记得，或者又很模糊的这种，对方自然是不会在意的，经过一个转换，苗西西在读取他的记忆时,定然也只会去汲取那些比较重要的,或者她感兴趣的。

所以,他尽可能地让这件事微弱化。

苗西西挂了电话就往小木屋跑,奶奶跟在后面问她要不要压岁钱都没搭理。

枕头吗?她抱起枕头,使劲地在里面寻找,都快把枕头给拆了才找到。

竟是一支录音笔。

"西西,新年快乐。你知道吗?在遇到你之前,我对自己的另一半,没有过任何想象。可是你出现了,让我的世界发生质变。你呢,考试总是临时抱佛脚,还爱睡懒觉,粥能煮成稀饭,还宅。可是我今天还是想告诉你,我以后不会让你再挂科,你也可以尽情地睡懒觉,不会做饭没关系,我会就行。宅家里也没关系,我会陪着你一起看肥皂剧,听你滔滔不绝的'点评'。想出门也可以,我会带你去任何你想去的地方,看山,看海,看朝霞日落,看花谢花开。你喜欢有趣的生活,我虽算不上有趣的人,但我会尽力让我们的生活充满乐趣。你永远不需要改变自己,因为我可以改变自己,所以,你同意我喜欢你了吗?

"西西,因为一些原因,我没法给你制造惊喜,这段录音也是我让陈遇读的,再经过变声器处理,对了,今年的新年礼物是一张拒绝卡,一张耍赖卡,一张跑腿卡,一张邀请卡,一张重置卡。"

苗西西拿着录音笔一时之间喜极而泣,却听见录音笔里传来陈遇的声音:"哈哈,大嫂,新年快乐,我虽然很不懂你们玩的这种浪漫哈,但是呢,既然老大让我给你惊喜,我就做事做全套,老大送你的那五张卡,我藏在某个地方了,你慢慢找哈,如果没找到的话那就不能怪我了,礼物就是要送得神秘,拜拜!"

苗西西哭笑不得,拿着录音笔给苏树打电话,鼻音浓厚:"大苏!"她也已分不清自己到底是在撒娇还是投诉。

苏树已经动身赶过来,听着她在电话里一直嘟嘟囔囔个不停,一颗心都被甜蜜充斥。

有些人,你说不上喜欢她哪里,可就是喜欢上了,而且很喜欢很喜欢,也会一直喜欢下去,那怎么办呢?

他想,既然如此,那就为她画地为牢吧,他愿意。

"大苏,新年快乐。"苗西西将自己裹成一个粽子在小木屋下等着他的到来,即使冻得有些瑟瑟发抖,却挡不住内心的一颗火热。见到他后,不顾一切的一扑而上。

新年伊始,他们深拥互诉新年好。

"大苏,我给你变个魔术好不好?"苗西西踮着脚圈着他的脖子俏皮而又深情地看着他,整个人都被苏树用大衣圈在怀里,小脸被冻得通红,鼻头也红红的,仿佛一捏即碎,说话时呵出一圈一圈的暖气。

"好呀。"

"嗯,已经变完了。"

"什么都没看到。"

"我变得更喜欢你了,你看到了没?"

话音未落,四唇相抵,他霸道得似要将她撕裂入腹,而她,幸福地承受他所有的给予。

眼前这个男人,她想她会爱他到老吧。

"冷不冷?"一记长吻过后,苏树依依不舍地将她放开,捏着她胖乎乎的手,手倒是不凉。

吻过后的唇更加鲜艳欲滴,饱满得就像待人采摘的新鲜草莓,苏树仿若受到某种诱惑般再次倾覆而上,他动情地缓缓描绘着她所有的美好。

"西西。"他将她拥在怀中,下巴抵着她的头,声音带着餍足后的嘶哑。

"嗯?"

"西西。"

"嗯?"

"西西。"他不知疲倦地唤着她的名字,动听悦耳,旖旎环绕,苗西西缩在他怀中汲取着他的味道,而这种味道,她取名叫幸福。

车内,开足暖气,苗西西这才发觉自己的脸都已经快要冻得僵硬了,不过这并不妨碍她笑得沁甜。

"大苏,要不你问问陈遇他把那卡放哪里了吧,我找了很久都没找到。"

"没事,到时我再做一份就可以了。"

"啊?这么简单?我还以为是那种仅此一份,独一无二的那种呢?"

"给你的都是独一无二的。"

"对了,大苏,等下你拿几瓶酒回去吧,我都没给你准备礼物,而且苏教授不是也喜欢喝点小酒吗?"苗西西突然想起这事,大过年的,总得意思意思。

"定情信物是酒,新年礼物也是酒?"苏树刮了刮她的鼻头,现在暖和了,倒是没那么晶莹剔透了。

"怎么?嫌弃呀?那我还打算以后生日礼物呀,结婚礼物呀,各种纪念日的礼物都送酒呢,反正有这么多,而且我也最不喜欢选礼物了。"苗西西扬起傲娇的头颅,一副嘚瑟的样子。

"老婆送什么都喜欢,怎么会嫌弃呢?"

"果然是行走的情话boy。"等苗西西反应过来他的称呼时,羞得满脸通红,"我还没答应嫁给你呢。"

"愉此一生,非你不娶。"苏树突然一本正经地看向她,深情得让她难以呼吸。

"嗯,朕准了。"

新年第一夜,两人竟是躲在车上腻腻歪歪地说着些七七八八的话度此夜,倒也奇葩了些。

大年初一,天气竟然异常晴朗,太阳高照,苗西西一早便起床给奶奶、爸爸妈妈拜年,顺道收了几个不小的红包,只是她没想到沈青竟然会给她打电话,而且还要请她去家里……苗西西唯一的想法就是赶紧找苏树求助,谁知他竟直接无视了。

"喂,嫂嫂,新年好呀,今天老苏跟哥哥下厨呢,做的可全是你爱吃的,你来吗?"苏苏在一旁大嚷大叫的,嘴里好像正咬着什么吃得正欢。

"是啊,西西,今天他们爷俩下厨,做了口味蛇、水煮鱼片,还有烤鸡翅,我还弄了些甜点,来吗?"

怎么能这么诱惑她呢?

宋丽君在旁见她神色有些古怪:"怎么了?"

"阿姨让我过去吃饭。"苗西西捂住话筒,悄悄地跟宋丽君说道,"妈,我能去吗?"

"你想去就去吧。"她昨晚可是瞧见了小两口那情意绵绵的样,若不是她跟踪奶奶,她估计还不知道什么时候能见到那小子。

不过那小子,远远地看着倒是不错。

"妈,大年初一我去,你觉得合适吗?"苗西西总觉得有些不妥。

"你提几瓶酒过去吧,拜年总是要有诚意的。"

"好的,那妈,爸那边……"苗西西瞅着正在一旁看电视的大苗,有些心虚。

"你奶奶会帮你搞定的。"

奶奶?怎么会?

"我没说,你奶奶自己发现的,昨晚你们那缠缠绵绵的都被她看到了。"

苗西西:"……"

"妈,那我……"苗西西做了个"走"的手势,便想悄悄地溜。

"去哪儿?"大苗却一个眼尖给瞧见了,"刚跟你妈在那儿碎言碎语着说什么呢?"

"女人家的聊天,你管那么多干吗?"宋丽君啐了他一口。苗西西在心底默默地向大苗道歉。

"那个,爸,我有点事出去一趟,我回来吃晚饭哈。"苗西西总归是不忍。

"这大年初一的你去哪儿呀?"

"我……"苗西西有些语塞,可又不能说实话。

"女孩子大了,总归是有自己事的,你管那么多干吗呀?"奶奶从厨房出来,语气不善。

大苗呀,真是对不住了,让你受到双面夹击了。

"就是。"宋丽君附和。

苗西西趁形式大好,赶紧溜,而苏树也已经在来接她的路上了。苗西西总觉得自己提着几瓶酒就上门了似乎不太好,不过苏树却说这酒正合老苏心意,才勉强放宽了点心。

可是,她还是紧张呀。

苏树一个劲地安慰她,却丝毫起不到作用,而这都源于她对苏教授的敬畏之心。

3

苗西西一进门,沈青跟苏苏便热情地将她迎进门,也因她们的热情消了她一半的拘谨。

而苏翰生正系着围裙在厨房里忙活,见到她来,也出门招呼,倒是跟平日里上课时的感觉大相径庭。

四个字:居家男人。

这是苗西西对苏翰生的感觉。

穿着简单的家居服,腰间围着围裙,手里握着锅铲,虽没有笑意满满,却也笑意迎人。

"阿姨，苏教授，新年好，我也没什么东西可送你们的，我带了几瓶酒过来，都是我自己酿的花酒，味道不错，希望你们喜欢。"面对苏翰生，不紧张是假的，可是现在也只能硬着头皮上。

"你这孩子，怎么叫我阿姨，叫他教授呢？再说了，这家里哪有什么教授，只有男人女人，大人小孩，叫他叔叔就行。"沈青接过她手里的酒，佯装生气地跟她说着。

"嫂嫂，你们苏教授在老沈面前，拿不出半点威风的，你放心。"苏苏拿着鸡腿吃得正香，"对了，嫂嫂要吃鸡腿吗？老苏烤的，超级香。"

吃。

可是，她是不是应该稍稍矫情一下？

苏树笑她瞎矫情。

"要。"不知是苏树刺激到了她，还是那浓香四溢的味道刺激了她，总之，她是真想尝尝。

苏苏在烤箱里帮她挑了一个又香又酥的递给她："这鸡腿就是得趁热吃，在我们家，女孩子是有特权的，所以你只要敞开肚子吃就行。"

苗西西很喜欢苏家的家庭氛围，很是轻松，除却苏教授外，倒是跟她在家没啥两样。苗西西突然想到一句话：幸福的家庭是对孩子最好的教育。

所以，才会有苏树跟苏苏这般优秀的孩子吧。

一顿饭下来，倒也是吃得很是开心，苏教授的手艺真是超级棒，尤其是水煮鱼片，真的是又嫩又鲜，光是汤她都喝了三碗。

席间，老苏还夸她酿的酒味道很好，气氛倒是很融洽。

饭后两个男人在厨房里忙活，她们三个女人以沈青为首，在客厅吃着水果，品着甜点，好不惬意。

苗西西想着，若是自己真的嫁过来，应该会很幸福的吧，有开明的公公婆婆，有宠爱自己的老公，有活泼可爱的小姑子。

老公？

苗西西瞬间被自己吓到，怎么会突然冒出这个词？赶紧将它赶出脑海，若是被苏树逮到，指不定怎么戏弄她呢。

苏苏见她神色有异，一个劲地问她到底怎么了。苗西西只能胡乱搪塞过去。

突然，苏苏又说："对了，嫂嫂，你知道吗？昨天我哥还收到情书了。"

纳尼？大年三十还有人送情书？

"那情书还在我手里呢，你要看吗？那女生还是哥哥的高中同学，我们以前是邻居。"

"哦，青梅竹马，两小无猜？"苗西西下意识地就说出了这两个词。

苏苏想了会儿，点了点头："算是吧，毕竟小初高都是一起的。"

怎么她并没有在苏树记忆里找到有这么个女生？想来该不会是苏苏试探她的吧？"真的？"

"情书就在我房间里呢？要不我去拿给你？"苏苏跃跃欲试。

"好呀。"苗西西想了下,"我能去你房间吗?"

苏苏表示热烈欢迎。

小女生的房间,典型的公主式装扮,一片粉嫩。

苗西西想起沈青的审美,不由得有些同情起苏苏来。

"这房间我妈布置的,你别管,我哥的房间也被她折腾得不行,开始的时候我们还会反抗,后来就随了她了,唉,一颗挡都挡不住的少女心。"

苏树的房间?

苏树一向喜欢简洁,可偏偏沈青总是喜欢插手,将他的房间收拾得,嗯,有点不伦不类了,唯独那个书架在他的抵死保护下还能维持着原色。

"喏,嫂嫂。"苏苏从书架里翻出个箱子给她。

苗西西瞅着那箱子有点厌,该不会里面都是情书吧?

"这是我帮我哥收到过的情书,全都在这儿了,我就想着哪天给我未来嫂嫂,让她瞧瞧某些人有多招桃花。好吧,现在我都给你了,你可以慢慢欣赏的。"

苗西西暗暗替苏树捏把汗,这妹妹绝对是个坑呀。

苏苏从箱子里抽出一封给她:"这个就是昨天收到的,她写得最多了。"

"哦。"

苗西西接过信件。

"许宁?"这个名字她一点都不熟悉,在苏树的记忆中好像也并不重要。

她突然有些心疼这个叫许宁的女孩,多年情意不变,可对方却没有丝毫有关她的记忆。

这或许就是你是我的全世界，而我却只是你世界里的路人吧。

"嫂嫂你不好奇？"苏苏见她拿着信却没有打开的意思，有些好奇地问。

"这是一个女孩子所有的心事，她喜欢你哥，是因为你哥优秀，我不能控制，而现在，我跟你哥两情相悦，这就已经足够。"苗西西将信放在箱子里，合上那一箱子的少女心事，将其递还给苏苏。

"嫂嫂，你都不吃醋？"

"你哥哥总被太多人觊觎，只能说明他太优秀，这也算是好事吧。"苗西西也曾暗恋过，自然也是明白那不过都是一厢情愿地付出罢了，"而且，我也收到过不少情书呢？吃醋的应该是你哥哥才是。"

苏苏了然，她或许有些明白哥哥为什么会如此喜欢苗西西了。

这世间哪有什么岁月静好,不过是有人负重前行罢了

听说你很欣赏我

1

假期总是过得特别快,转眼就迎来开学,新学期苏树忙着毕业论文、毕业答辩,两人腻歪的时间无形中减少,可苏树只要是能抹开时间,依旧会给她送早餐,苗西西心疼不已,逼得她不得不早起。

倒是范祁,似乎有了些变化,至于是哪里变化了,却又说不上来,他在校的时间也是少了不少,晚上也经常很晚才归宿。

苏树曾侧面问起过,却没得到任何的回复,他虽有疑惑,却也没怎么放在心上,只想是要毕业了,大家都忙于各种事情。

三月初,莺飞草长,春光无限,博文的官微正式宣布《猎罪》筹备开拍,并且进入男女选角阶段。

与此同时,最大的阅读集团信阅却突然造访书侠网,并提出收购方案,收购价不菲,足以让人心动。

信阅此时提出收购,一来是因为信阅集团自身的男频并不充盈,二来,书侠网现在已有版权卖出,有一定的知名度,加之有自己的粉丝群体,稍加打造,前途定是有的,三来,书侠网是学生创业网,收购难度并不大。

"老大,你该不会真想卖掉吧?这可是我们这三年多来的心血。"陈遇有些急躁,在金钱面前他摸不准大家的想法,且那大额的数字着实吸引人,可是,他们对这网站倾注了多少心血也只有他们自己知道。

当初一起熬夜写代码,一起做设计,一起拉赞助,到处推广收稿,为此废寝忘食,如今要说卖,又怎能轻易割舍?

苏树沉默了一会儿:"这个网站当初是我们一起建立的,我虽是法人,但你们都有股份,也有决策权,所以,至于卖不卖大家一起决定。"

"那我不卖。"陈遇直接一票否决。

范祁许久没有出声,陈遇有些躁动不安:"老三,你该不会是想要卖掉吧?你又不缺钱,不至于吧?"

"老二。"苏树沉声呵住陈遇,转头问范祁,"老三,你什么想法?"

范祁沉默了许久:"我同意。"

三个字,坚决如铁,就像一把钝刀一刀一刀地在大家的心上凌迟。

陈遇拍桌而起，愤怒的气焰噌噌地往外冒，指着范祁的鼻子破口大骂："范祁，你浑蛋啊，你难道不知道这是我们的梦想吗？当初是谁信誓旦旦地说着不管谁出多少钱都不卖的来着？你倒是忘得挺干净的。"

陈遇骂完后颓废地坐回自己的位置，摆了摆手："反正我不同意，老大你呢？"三个人中已经有了两个人做了决定，现在关键的票数就抓在苏树手里。

苏树并不急着做决定，而是看向范祁，以他的了解，范祁不是这种为了钱能抛掉一切的人。

"老三，你是不是有什么事瞒着我们？"

"他能有什么事，就是见钱眼开。"陈遇赌气地嘟囔了一句，欲再往下说时却被苏树一个眼神给止住了。

"我没事，只是现在大家都忙着毕业，之后还要实习，忙不过来，而且，如果信阅收购了的话，它也能有个更好的平台去发展，说不定会更好呢？"

"这都狗屁借口，你若是承认你就是见钱眼开我还能佩服你一下。"陈遇止不住怒火攻心，即使在苏树的呵斥之下也封不住他那张嘴。

"对，我就是见钱眼开，你有意见？你以为谁他妈都跟你一样，有用不完的钱是吧，我告诉你，那是你命好，别把自己整得那么高尚，也别跟我谈什么梦想，你他妈的理想能当饭吃？"范祁将合同朝会议桌上愤怒一摔便起身离开。

陈遇气得牙痒痒，却又憋不出一句话。

待范祁走后，苏树逮着陈遇好一番教训，自己都管不住自己的嘴，整天就只知道瞎叫唤。

陈遇这厢刚从范祁那里受了一肚子气，谁料转眼又在苏树这里碰了一鼻子的灰："行行行，就你们能，就我装高尚，行了吧，你们想卖就卖吧，以后别跟我瞎逼逼。"

三人不欢而散，谁心里都不好受。

苗西西下了课便匆忙赶来，她到时苏树一个人在办公室发呆，她进来了他都没有半点发觉。

苗西西轻轻地走过去，将他的头圈在自己腰间，给予他无声安慰："陈遇他就是个二货，你也别太计较。"

这段时间，苏树本就因为论文的事忙得不可开交，现在还要为这件突然冒出来的事心力交瘁。她虽然也跟着着急，却又帮不上半点忙。

苏树靠着她，汲取着属于她的气息："我没事，你怎么过来了？不是等下还有课吗？"

"你们这都闹翻了，我也没有心思了呀。"苗西西一下一下地抚摸着他的发丝。过年的时候剪了头发，现在很短很利落，摸上去扎扎的，很是好玩，"要不我去跟陈遇聊聊？而且你本来也没打算卖的。"

"没事，他那纯属间歇性发作，过会儿就好。"苏树并不担心陈遇，他担心的是范祁。

"可这怎么说也是他的梦想，虽然平时吊儿郎当的，但是在这件事上他比谁都较真。"

这种感觉苗西西能懂，就像如果有一天她自己酿的酒做成了自主品牌，然后突然有人收购，她也定然是不肯的。

2

苗西西找到陈遇的时候,他竟然一个人躲在食堂啃鸡腿,桌前已经咬出了一大堆骨头。对于这种化悲愤为食欲的作为,她表示非常赞赏。

"这里的鸡腿比起苏树烤的差远了,下次我们一起去他们家吃吧。"苗西西贼兮兮地在他对面坐下,双手撑着下巴,一双眼定定地盯着他看。

陈遇被她盯得有些发毛,最后一个鸡腿入腹后终于抬起头,烦闷地看了她一眼,什么都没说便起身离开,苗西西追随而上。

"喝酒吗?我带你去个地方,不醉不归,怎么样?"苗西西狡黠地看着他,像极了一只正在打着坏主意的小狐狸。

陈遇没出声,只是退了一步到她后面。

竟还挺有脾性的。苗西西暗忖。

陈遇一路跟随,也不言语,即使发现苗西西将他带离城中心,来到了她奶奶这边也不吱声,倒也是沉得住气。

苗西西让他在小木屋等着,自己屁颠屁颠地跑回奶奶家拿了几碟小菜过来后便招呼他下来。

"这是什么?"

陈遇递给她一个素色锦袋。

陈遇也不答,只是将其塞到她包里,然后接过她手里的碗筷,安静地呆立在一旁,等着她带路。

这傲娇劲,也是没谁了。

苗西西突然想起,这锦袋里装的应该是苏树送给她的新年礼物。当时陈遇把它给藏了起来,她到处找也没找到。

"你藏在哪儿了?我找了好多地方都没找着。"

可偏偏陈遇像是非要把性子使到底一般,怎么都不搭她一句。苗西西倒也无所谓,两人一同下往地窖,她便开始滔滔不绝地跟他说着关于酒窖的历史,口若悬河。

"这些都是你酿的?"陈遇许是觉得不可思议,终于开了金口。

苗西西得意地扬起头颅:"其实我有一个梦想,就是把我这些自己酿的酒冠上自己的品牌,然后畅销全国,乃至全世界。你说,听起来是不是就很牛逼?"

"嗯,听着不错。"陈遇若有所思地点了点头,之后便开始参观起这个承载着某人伟大梦想的酒窖来。

"哇哦,这个桃子酒不错,我以前去桃花园的时候有喝过一次,味道超赞的。不过听说这个对桃子的要求还蛮高的,既不能太熟,也不能太生,个头也要适中,色泽也要保证。其次对品种也有限制,好像毛桃是最好的,而最好的时机,就是在它内红外青的时候,这个时候酿出来的桃子酒口感甜而不腻,且桃子还很酥,若是再加点紫苏的话那就更衬了。"陈遇说起来也头头是道。

苗西西没想到居然还能碰到个懂酿酒的,瞬间来了兴致,将其打开,瞬间就有桃子的清香溢出。

她舀了一小瓢出来,光是闻着就让人觉得口味大开。

"对的,桃子酒其实是果酒里面比较难酿的了,一来食材的挑选很挑剔,二来它的味道需要发酵很久才行,所以在发酵期要特别注意。你尝尝。"

陈遇满足地闻了闻，继而小小地抿了一口，最后咂吧咂吧嘴："嗯嗯，像初恋的味道，甜而不腻，酸而不涩，我觉得你这款酒可以取名叫初恋，嗯，初遇也不错。"

没想到他竟然还是个懂酒的。

"你吃一块这个，这是我奶奶的独门秘制酸脆萝卜块，吃完后配合抿一小口酒，绝对能让你上天。"

陈遇按照她说的方法尝试了一下，酸爽过后来一口清甜过口，那感觉就像是踏足了大海后再飘飘然飞入天宫。

"我觉得你这个可以搭配成一个套餐，嗯，取名叫'桃红醉'。"

不愧是被文字侵润了数年的人，取名也不失风采，而且还颇为有那么点意思，苗西西又取了几种给他尝，而他竟每种都能给其取出一个绝妙的名字。

例如那青梅子酒，他给它取名叫"独步天下"，因为那酸爽，才够劲。那红梅子酒便取名叫"艳冠群芳"，因为色泽润亮，红得让人心动。而那桂花酒便取名"浅浅温兮"，因其色泽偏淡，桂花性温……

诸如此类众多，他倒是都能叫上个名字。

"我觉得我离梦想不远矣。"苗西西听着他发表品酒后感，想象着若真有一天这些酒都能披上灿烂光辉的名字，那她一定睡着都能笑醒。

可此刻陈遇却不再附和她，一个劲地猛灌酒，这酒虽是花果酒，却也是有酒劲的。

"其实吧，苏树并没有想过要卖网站，因为他知道那是你们的梦想，只是他作为领头的，必然要尊重你们的意思，网站是你们一手创建的，定然谁都不想卖吧，只不过你没发现老三有些不对劲吗？自从开学以来他都很少跟你们一起吃饭了对吧，还有，他回寝的时间是不是晚了？周末是不是也不见他人影了？而现在他又同意卖网站，你就没觉察出点什么？"苗西西步步逼问，这些都是苏树脑海中的记忆，她拿来劝陈遇，竟也用得挺得心应手的。

陈遇喝得迷迷糊糊的，仿佛间竟觉得苗西西说话时的神情语气都跟苏树有些莫名吻合，莫非真的是两个人在一起久了，就会越来越像？

对于老三的问题他还真没怎么注意过，经苗西西这么一说，有些后知后觉，不过他现在拉不下脸来承认，唯有一个劲地猛灌酒来纾解心中郁闷。

也不知是这酒太醉人还是心事催人醉，陈遇竟真的醉倒在了她的酒窖里，安安静静地蜷缩在角落，据说，这种睡姿的人是因为缺少安全感。

陈遇翌日醒来的时候只觉世界在旋转，分明那酒甜腻可口，他倒是酒不醉人人自醉了。

"唉，没人伺候的日子哟……"陈遇双手揉着太阳穴嬉皮笑脸地说笑，仿若昨日的事不曾发生。只不过，这打趣若是放在平日，定然有人附和，今日却是一片安静。

打量了一遭寝室，并没有范祁的身影，只有苏树正在疾笔伏案，陈遇有些讪讪地想要打破气氛："那个老大，昨天是我不对，我道歉哈。不过，老三是出什么事了吗？"

"老三他哥因为挪用公款被捕，所有的家产全都被封了,现在他们全家都在到处筹款想保释。"

苏树昨天找到范祁的时候,范祁在酒吧当泊车小弟,却并没有从他口中套出任何有价值的信息,在离开前却是无意间听到有人在聊某集团因上层挪用公款导致资金链垄断,从而股票大跌的事情时听到范易的名字,后来一查,才清楚其中原委。

范家师出名门,早年在东北三省也是声名赫赫,只因到了范祁爷爷辈因看透人心险恶,不想再经商这才逐渐淡出商圈,到了范易这一代,他一心想重振范家昔日辉煌,从小便琢磨各种经济学、管理学,也是少年成名,后来进入大企业进行试炼,也是颇得上司青睐,步步晋升,可谁曾想,终是没受得住诱惑,犯下大错。

"不能吧,大哥不像是这种人。"陈遇不太相信。

他们与范易有过几面之缘。大二那年,因范祁说起东北冬天的各种奇闻异事,惹得他们几个心痒痒,便在寒假期间就跟着他回了老家,当时,还是范易接待的他们,带他们到处吃喝玩乐,玩得不亦乐乎。

相比起范祁的瘦高个,范易倒是更像个南方人,个子不是很高,却生得很是精致,他有一双爱笑的眼,眼里总是透着温和,谦谦公子也不过如此,且他见多识广,谈吐幽默,当时他们几个都还很喜欢他来着。

这样的一个人,怎么会挪用公款呢?

陈遇不相信,苏树也不愿相信,范祁更是不愿相信。

"对了,老三呢?"陈遇问。

"在兼职吧。"

陈遇没再说什么，呆愣了会儿后默默地起床，刷牙，出门。苏树忙了会儿后也去了公司。

现在公司人心不稳，有人觉得卖掉后到手的是钱，有人觉得这是梦想，与钱无关。各执一词，没有谁对谁错。

3

"你小子，无事不登三宝殿，今儿个怎么驾到了？上次带着一群小伙伴来我这儿也没见你来问候一声。"卢跃正在开会，只见会议室大门被唐突地推开，陈遇一脸严肃地出现在他面前，而后助理匆匆赶来，不住地向他道歉。

幸而今日开的不是什么机密大会，倒也无所谓，只是几个好友间的纯聊天罢了。

"舅舅，对不起，打扰你们了，不过我真有急事，您能不能借我几分钟？"陈遇自知自己太过鲁莽，可是，此刻的他是心急如焚，也顾不上那么多了。

卢跃示意他们继续，自己出了会议室。

"什么事这么急？"

"舅舅，你能帮我查一下纯维有限公司吗？"

纯维正是范易所在的公司。

"你怎么突然问起这个？跟你又有什么关系？"卢跃正色道。纯维最近资金链断掉，银行不拨款，导致股票大跌的事对于圈内人来说已经不是新闻了，甚至离破产只有一步之遥，只是他没想到陈遇竟会突然问起。

"那范易你认识吗？"

卢跃脑子一转就知道这小子打的什么主意了，当即厉言阻止："我不管你跟这人有什么关系，总之，别往上靠。"

陈遇不解："为什么？"

"这个你不用知道，总之别想着去打听什么。"这件事绝对不会这么简单，一家大型企业怎会拉不到银行的拨款，想来挪用公款只会是个幌子，范易只是恰好成了背锅侠。卢跃转了话题，笑着拍了拍他肩膀，"对了，听说信阅要收购你们网站？你们怎么想的？走，跟舅舅说说你们的想法呗，我给你们参谋参谋。"

卢跃的办公室一如他人一般，干净清爽，黑白灰三色调，简洁而不失大气。陈遇有些颓废地瘫在沙发里，很快，秘书就送了咖啡进来。

陈遇佯装抿着咖啡，声音低沉："我不想卖。"

"范祁想卖了保释他哥？"卢跃一猜即中，只需稍微联想一下，便知道了陈遇过来找他的缘由，"可是就算如此，够吗？他知道他哥身上背负的数额有多大吗？小孩子果真是天真。"

陈遇几不可闻地"嗯"了一声，在心里暗算了一下金额，怔怔地抬起眸："多少？他们家的所有资产再加上我们网站的整个收购费都不够吗？"

"你以为他家的那些资产能抵值？还是说你觉得你们一个小小网站能跟纯维那样的大企业相提并论？"卢跃若有似无地笑着，像只狡猾的老狐狸。

陈遇没再吱声，这里面的事情他并不清楚，但是他相信卢跃说的，也就是说就算把网站卖了，也起不到任何作用。

"苏树那小子怎么想的？你们仨中也就苏树脑子好使点。"卢跃轻晃了晃手中的咖啡杯，拉花瞬间拉扯变形，喝了一小口，随即又笑道，"哦，也是，你们是兄弟，他自然跟你一般想法。"

"那舅舅，范易哥那事真的没办法了？连你都没办法？要不你稍微帮我们去打听一下，也好让我们心里有个底不？"陈遇有些底气不足，偷瞄着卢跃的反应。

以卢跃在商业圈的地位，说要打听点事那肯定不难，可是，前提是他得愿意才行。

"你回去跟范祁说，这事让他别折腾了，没用的，就算凑够钱了，也不一定能得到保释，范易的事也没你们想的那么简单。"

"可是……"

陈遇还想说什么，却被卢跃先行止住了："明天上午十点，你让范祁过来找我一趟，如果没有其他的事，你先回去吧，我那边还有人在等着。"

陈遇悻悻离场，半点可用的信息都没有得到，只让他更加忧伤罢了。

"嫂嫂，发什么呆呢，哥哥呢？"苏苏一个蹦跶在她对面的座位坐下。今日因为苏树有事要忙，她一个人在食堂进餐，也不知怎的，吃着吃着竟然就走神了。

苗西西立刻回神，见宁泽焘也在她斜对面坐下。

"你们怎么一起来了？"

"宁小爷来找我哥，没找到，电话也关机了，这不，恰好碰到你了,就想问问你知不知道哥哥在哪里。"

原来是这样。

"嗯,他跟范祁他们出去有事了,你找他什么事?"这话是对着宁泽焘问的。

宁泽焘一愣:"哦,也没什么大事,就是有关学生会换届大会的一些事情。"

"这些不是都是彭程在管吗?"

"可是到时会需要名誉会长发言。"

"直接让彭程去吧,他估计没时间。"苗西西直接帮苏树拒绝了。最近这事都搅到一堆了,他也是心力交瘁,有心无力。

"嫂嫂,哥哥最近都在忙什么呀,妈都在念叨了,而且明天是我生日哎。"苏苏也是有些抱怨,年后上来都很少在一起吃饭了。

现在求见一面都是难如登天。

而此时卢跃办公室里,范祁、陈遇、苏树并排而坐,面色沉重。

"卢总,这事真的就没有其他别的办法了吗?"范祁面色哀哀,这才几月光景,本就瘦的人越发显得枯瘦。

"昨天小遇来过之后,我便去大概了解了下情况,不容乐观。纯维现在四面楚歌,已是强弩之末,现在已经是最后的挣扎了,你们谁能知道看似雄厚的企业背后竟然已经是个空壳?你哥挪用的那笔款额不大,却足以让纯维崩塌,这就是为什么我说你在做无用功的原因。一个企业的倒闭,总要有个人负责的，而范易刚好踩在这个点上。"

"可是那么多高层，跟我哥又有什么关系？而且我不相信我哥他会挪用公款，他也没什么需要用到这么多钱的地方。"范祁眼神坚定，声音透着疲惫不堪，内心虽在声嘶力竭地狂吼，可说出来的话却平静了许多。

"孩子，那些钩心斗角的事你们都还嫩了点。"卢跃叹了口气，"范易二十七岁便能跻身纯维高层，一来他有能力，这不可否认，二来，你们就没想过这或许本身就是一场局吗？至于是谁设计的，那就得去问你哥了。总之，一个公司被榨得只剩一个空壳，还能把这个锅让范易毫无破绽地背了，你们觉得这个人会简单吗？"

"也就是说，有人从我哥进公司起就在设计他？可是我哥又没有得罪谁？为什么会选中他？"范祁大概理清了下卢跃的说法。范易这件事，从头到尾就是一个局，而这个局，是有人多年前就开始设下，坑也是一早就挖好了的，只等着有人往里跳。

"不是你哥得罪了谁，而是你哥恰好走进了他们的局而已，对于他们而言，不是你哥，也会有其他人。"

"对了，这个案子好像是宁水律师在负责，或许你们可以侧面去打听一下，我能帮你们的也就这么多了。"

昨日，卢跃也是到处打听才稍微了解到其中的一些始末，对于这个事，知道点细枝末节的人中大都是三缄其口，甚至是缄默不言，其背后的恶性可想而知。而他在商场多年，也着实没有见过这么阴险狡诈的手段，为了掏空公司，能隐忍这么多年，甚至还能不动声色地找了个背锅的。

苏树有些不确信:"宁水?"

卢跃点头:"对,就是你舅舅。"

世间之事,真是无巧不成书。

"可是舅舅说过不接刑事案件了呀。"

"宁泽焘!"

宁泽焘刚迈步离开,却被苗西西突然喊住。

宁泽焘回过身,朝她走近几步:"怎么了?"

"你爸最近在吗?"

"啊?"宁泽焘一时没反应过来,"你问我爸干吗?"

苗西西也是刚才通过苏树的记忆,得知宁水律师接手了范易的案件,所以她下意识地便有了此举。

踟蹰了会儿,她脑子一转:"那个……这不苏树说想去拜访一下嘛,让我见到你的时候问一问他在不在家,方便不方便。"

宁泽焘虽然有些狐疑,却也没去深究她话里的不妥之处:"这段时间他接了个案子,出差去了。"

出差,那看来这事是真的。苗西西暗暗想着。

宁泽焘见她有些发呆,好奇地问:"你在想什么?"

"啊?"苗西西想得入神了点,反应过来后随便找了个借口搪塞,"哦,我在想你跟苏树不是表兄弟吗?怎么你姓宁,他妈妈姓沈呀?"

宁泽焘搔了搔头解释:"嗨,原来你在想这个呀,我爸跟我爷爷姓,小姨,哦,就是苏树妈妈跟我奶奶姓。"

苗西西自然知道其中原委,不过还是装作恍然大悟一般:"哦哦,原来是这样,难怪难怪。"

"你不问为什么?"

"什么为什么?"苗西西丈二和尚摸不着头脑。

"就是他们为什么一个跟妈姓,一个跟爸姓呀。"

苗西西还以为他问的为什么是什么大事呢,原来指的是这一出:"这还有为什么不为什么?跟谁姓还不是姓?生命都是父母给的,更何况一个姓呢。"

宁泽焘若有所思地盯着她看了五秒左右:"嗯,不愧是我哥看上的女人。"

呃?这话说的,到底是褒是贬呀?

苏树晚上便同范祁一起前往他老家,却没能见到宁水,电话始终无法接通,两人只得先行住下。

范母是个五十多岁的女人,大二那年初见时身体健康,言语间对自己的两个儿子是骄傲满满,时隔两年再见,却已不复当年,发间白发丛生,额间皱纹条条,整个人好似瞬间苍老至了六七十岁的年纪。

见苏树到来,她依旧热情地欢迎,却只道现在连个住的地方都有些艰难,一直念叨着不能好好招待他。

晚上苏树给苗西西打电话的时候,苗西西止不住地感叹:"唉,这世间哪来的什么岁月静好,不过是有人负重前行罢了,我本不是什么神仙佛祖,却偏见不得人间疾苦。"

苏树笑她玻璃心,她倒也坦然受下,也不忘叮嘱他:"对了,现在你那边还有点冷吧,你多穿点,别感冒了。"

"明天是苏苏的生日,你帮我去买个礼物送她吧,我估计一时半会儿回来不了。"这是苏树第一次缺席妹妹的生日，总归是有些歉意的。

"好。"苗西西乖巧地应下，"对了，大苏，我要用掉一张拒绝卡。"

"啊？"

"我拒绝你受一切伤害，所以不管情况如何，你一定都要好好的回来，你的论文答辩还没过呢。"苗西西不自觉间竟已带了些鼻音。

苏树在电话的那头听着哭笑不得，可心里却是暖暖的："傻瓜，拒绝卡不是这么用的。"

苗西西别扭地嚷嚷着："这卡你给我了，那就是我的了，我怎么用都行。"

苏树想象着她满脸都写着小倔强的表情，不由得笑出声来："好好好，你说了算。"言语间满满都是宠溺，"放心，这出不了什么问题。"

"那不行，说不定对方是什么头目之类的，然后绑架威胁呢？你小说里就是这么写的。"

苏树头顶顿时飘过一群乌鸦，想不到他有一天会栽在自己挖的坑里："西西呀，收起你脑海中那些丰富的想象吧，我们只是过来找舅舅的，没你想的那么严重。"

苗西西此刻脑海里已经自动脑补出了一出出的大戏，而且全是各种阴谋大戏，一下子竟还有些收不回。

见到宁水，已经是第二日的事了。

宁水只约了苏树在咖啡厅见面，因为身份的问题，他暂时不能与范祁见面。宁水说："这个案子我现在还不能跟你们多说，这其中的牵扯面太广，我今日来只是告诉你一件事，范易我会尽量保下，你也别让范祁去折腾了，没用的，这个案子的完结也不是一日两日的，你让他们都安心点。"

苏树点头应好，从卢跃跟宁水两人的阐述来看，这件案子定然是涉及了某些重要人物，不过宁水说了会尽量保下，那他就相信宁水有这能力保下，毕竟宁水在刑事案件上暂时还没有输过。

"对了，听小焘说你们那个网站有人要买？你怎么想的？"宁水问。

苏树虽有些怪责宁泽焘大嘴巴，却还是保持着笑脸："本来是想卖掉帮老三渡过这个难关的，毕竟现在他们孤儿寡母的，也不容易。只是如果是给的话，以老三的性子，定然是不会接受的。"

宁水却是摇了摇头："或许开始他能为了救范易而接受，可他一旦知道范易这事的原委后想必是不需要了，有些经历本就是为了促进成长，你随他去折腾吧。"

苏树将宁水的交代原话转交，一时之间范祁连日来积压在心头的大石瞬间落下，这一放松，人竟病倒了。

病来如山倒，平日里看着再强大的人，病来时，也是不堪一击。

梦想不一定是拿来实现的

听说你很欣赏我

1

"嫂嫂,哥哥真的不回吗?"苏苏一直盼望的二十岁生日,因苏树的缺席而稍显遗憾。"不过今年有嫂嫂陪,也一样的。"苏苏虽然有些郁闷,却很快被她抹去,挽着苗西西的胳膊跟她亲热。

苗西西因为是独生子的关系,自幼受尽宠爱,也没有感受过兄弟姐妹之间的亲昵,自从有了苏苏后,她是发自真心地把她当成亲妹妹对待,两人年纪上虽然差不了多少,但她总自觉地将自己摆在姐姐的位置上,对其很是宠爱。

"哥哥虽然不在,可是给你准备了惊喜哦。"

"真的吗?"一听有惊喜,小姑娘眼底放光,之前所有的不愉快一扫而光,满眼期待地看着她。

苗西西真诚地点了点头："不过惊喜不在这里，在一个神秘的地方，要不我们一起去？"

两人跟苏家长辈打了招呼之后便出去了，苏苏一路上都在撒娇卖萌求苗西西透露一丢丢信息，可是苗西西却雷打不动，将神秘保持到底。

两人在一处废墟隧道下车，苗西西却提出要将她的眼睛蒙上。

苏苏对这份惊喜更加好奇了，自然是没有反对。

在苗西西的牵引下，两人步入隧道。

"苏苏小公主，二十岁生日快乐！"苗西西在她旁边，柔声说着，轻轻的、暖暖的，沁人心脾。

苏苏迫不及待地撤下蒙住眼的丝巾，首先映入眼帘的是一片灯海，色彩缤纷，闪闪烁烁，美不胜收。

"哇哦，嫂嫂，这是……这是……"苏苏指着面前的涂鸦，激动得都说不出话来了。

这是一幅记录着苏苏从出生到现在的漫画式涂鸦，淡蓝色背景，象征着自由的天空，人物由粉及红，刚出生的她粉嫩粉嫩的，时间流转，渐渐成熟，不知不觉中，竟已成长成了诱人的红苹果。而画面的最后定格在"祝我们的小公主生日快乐，永远开心"的字样上。

苏苏喜极而泣，而惊喜远远不止如此。

生日歌的节凑轻柔地响起，一个清秀的男生领头推着蛋糕从隧道口缓缓而入。

"你是……那个……"苏苏开始语无伦次，跺了半天脚也没说出对方名号来。

"生日快乐。"男生走到她面前,哥哥般温柔宠溺地摸了摸她的脑袋,"你好,我叫刘昂。"

苏苏已经高兴到说不出话来了,半晌之后兴奋地蹦出一个名字:"刘昂,对,你是刘昂。"

刘昂,圈内有名的涂鸦高手,她的偶像。

"听西西说你也喜欢涂鸦?"他微笑着跟她握手,而苏苏一时之间竟忘了伸手,就这么一眨不眨地看着他。

只闻刘昂气质内敛,俊朗秀气,对粉丝温柔可亲,今日一见,果真如此,让她生生添了几分遐想。

苗西西在后面掐了她一下,她才回过神来,微微有些窘迫,双手在衣摆处搓了搓才伸出手。

"你好。"她顿了顿,"对,不过我也只是喜欢而已,不成气候。"带着一丝少女独有的羞赧。

"涂鸦本就是自由发挥,无所谓成不成气候,喜欢就好。今天给你介绍一群伙伴,他们都是涂鸦高手,如果你喜欢的话到时可以一起玩。"刘昂一一给她做完介绍后,又送了一套涂鸦全彩给她,说是大家的一点心意。

苏苏欣喜之余更多的是感动。她想这个生日她定会终生难忘。

因都是一群年轻人,不消一会儿便已熟络开来,还开始了各种自由涂鸦。苗西西在一旁看着倒也好不乐呵,偶尔也会去画上一笔,苏苏嫌弃她总是画蛇添足,气恼得不行,一幅画下来,虽看不明白到底画了什么,不过,两人身上、脸上却是添彩不少。

苏苏本想请他们一起吃饭,可是都说有事,便也就只好推到下次。

回家的路上，苏苏好奇不已："嫂嫂，你怎么跟刘昂认识？"这个问题她可是憋了很久了。

"哦，他参加过我爸的一次节目，然后就认识了。"

其实刘昂还是她表白过的那个学长。

他高她两届，自幼画画天赋异禀，尤爱涂鸦，因为突出的才华，且为人谦和，深得同学们的追捧，因此还上过不少的节目，也算是个不大不小的红人。当时，苗西西就陷于他的才华。就在她表白的那一年，他便出国留学了，此间两人再无联系，也是最近，他突然找上她，这才知道他已回国。

苏苏不疑有他，狠狠地给了苗西西一个大大的拥抱："嫂嫂，你放心，以后在家我绝对拥戴你。"

苗西西有点不好意思。

晚间的时候，苏树来电话，与苏苏聊了会儿后便转接她，本还是轻松欢快的语气，可到了她这儿竟成了低气压。

"他就是你表白的那个学长？"

他，自然是指的刘昂。

苗西西瞬间明白，窝在沙发角落里，笑得贼欢："所以你这是在吃醋吗？"

"没有。"某人死鸭子嘴硬。

其实刘昂来找她，她也很是意外，而这货竟然是来表白的，他说当时他没有答应她的表白，怕给她的人生留下阴影，特此来向她表白一番，好让她也拒绝他，如此两厢相抵，倒也互不相欠。

能这么奇葩的人除了他恐怕也是没谁了，苗西西哭笑不得。

苗西西也不跟某人继续纠结在这件事上："对了，范祁怎样了？"

"现在已经好些了，我们明天就会回来。"

"那他哥的事呢？"

"舅舅说让他放心，只是时间会拖得比较久。"

如此一来，她也是放心不少。

两人又随便聊了些话题后便挂了电话。苗西西回学校的时候遇着陈遇，两人又是一阵寒暄。

第二日一早，苗西西便约了陈遇一起去接机。仅仅两天没见，范祁似乎又瘦了一圈，脸颊骨都凸出来了，让人看着着实心疼。

陈遇立马从他们手里接过行李，将其放到车后备厢，范祁跟苏树主动坐到后排，苗西西上了副驾驶："情况怎样呀？见到范易哥了吗？"

范祁显然没有说话的欲望，苏树却是应下："嗯，舅舅说会尽量。"

"那就好，那就好。"陈遇连连感叹。

家里出了这种事，谁都不好受，他也没再问其他的，免得惹范祁伤心。

"网站的事你们决定吧，我随意。"本来一直在假寐的范祁突然开口，嗓音干涸，就像沉寂了许久的沧桑老人。

苏树跟陈遇谁都没有说话，许久后，苏树才回了一句：

"到时看吧。"语气里泛着疲惫。

苏树没有回家,跟苗西西两人径直去了工作室旁边的小屋,一进屋便大刺刺地躺在床上,一动不动。

苗西西给他泡了杯牛奶,进屋时却见他已睡着了,也就没再打扰他,给他盖好被子后出来给沈青打了电话报平安,忙完后这才闲下来认真地观察苏树。他眉头紧锁,苗西西轻柔地想要帮他抚平,却惊醒了梦中人。

"怎么睡得这么浅?"竟一碰便醒。

苏树躺起来,将她拥在怀中,而他埋首在她发间,汲取着属于她的味道,闷闷地道了一句:"西西,我们以后一定都要好好的。"

苗西西反手揉了揉他的头发,年后剪短的,这才多久,竟又长长了不少,摸起来都没有刺手的感觉了。

"当然。"她自信而又带着一点点的嚣张,偏生他爱极了这种感觉。

"其实老三的事肯定没那么简单,舅舅打过那么多的刑事案件,从无失手,可这次他却只说是尽量,他虽让我们放心,可是我知道,这件事肯定不是我们所能想象的。"

苗西西挣扎着起来,脱了鞋上床,缩在他怀里,双手包住他:"你要相信你舅舅,既然他说了他会尽量那就一定会尽量的不是吗?再者说了,就算你在这儿伤心欲绝也救不了范易哥,不是吗?所以呢,我们都应该开开心心的,俗话说船到桥头自然直,一切都会好的。"

苏树没有言语,他需要想的事情太多,而他也做不到苗西西那般没心没肺，可是能看着她开心便已足矣。

"对了，你们的毕业答辩要来了吧，在这之前，我们叫上一些朋友一起好好喝一次吧，我出酒。"苗西西仰着头，眼里盛着光。

苏树在她额间落下一吻："好。"

2

陈遇这几天很是纠结，眼看着与信阅约定的日子就要到来，可是他却始终没有想好到底是卖还是不卖。

卖吧，这又是自己的梦想，很是舍不得；不卖吧，兄弟有难，没有不帮的道理。他苦苦思忖了好几天，却始终不得全法，决定好好找苏树谈谈。

"老大，你说吧，你想怎么办，我听你的。"陈遇拿这事头疼，直接丢给苏树去处理。

苏树沉默了一下："卖了吧，一来老三家现在也是困难重重，他怎么着都需要钱；二来，网站在信阅的运营下资源应该会更好，不管是对网站还是对作者来说都是个机会；三来现在毕业也忙，到时你也是要继承家族产业的，而我……所以如果你没问题的话就还是卖了吧，跟老三说声。"

"你打算干吗？"

他犹豫着要不要告诉陈遇。陈遇是个大嘴巴，若是让陈遇知道了，就相当于尽人皆知，不过想了想，他还是决定告诉陈遇："我打算把西西酿的酒打出一个自主品牌。"

这个想法在他从范祁家回来的飞机上已经初见雏形，却没来得及细细分析，而这几天，他做了可行性分析，也找了相关资料了解目前形势，也跟业内人士聊过，有需求，有市场，但同时也是一条艰辛之路。

陈遇若有所思地点了点头，他得承认，苗西西酿的酒确实可口，这个想法也确实不错，不过——"老大，你是不是早就想卖了网站了？"

对于他的质疑，苏树并不惊讶。以他对陈遇的了解，这样的问题在意料之中。

"没有，我跟你一样，也曾雄心壮志地想过要把网站发扬光大，甚至要让它站上世界舞台。可是老三的事情发生后，我想了很多，人活一世，没必要贪图太多，而梦想其实也不一定是拿来实现的，或许它只是一种存在，一种提醒我们可以去努力，可以变得更好的存在。"

陈遇不再说话，只因他无言以对。

"老二，换个角度想，其实我们的梦想或许从来都不是要发展网站，而是希望我们仨能一起走向成功，对吗？"

网站最终还是卖给了信阅，虽然多有不舍，却也算是实现了它的价值。

自己一手创立的网站就因为一纸之约就成了别人的了，就如一手带大的孩子狠心送人了一般，难受、憋屈、不舍，陈遇嚷嚷着要喝酒，一醉方休。

苗西西之前就想过约上一些好友，一起醉一场，而这成了最好的契机。

周末的天气正好，苗西西约了众人先去超市买了一大堆零食，之后带领大家前往酒窖处。

阳光暖暖，鲜花盛开，酒香醉人，一群人就着地毯围坐在大树旁，谈天谈地谈理想，说诗说歌说人生。

"来来来，大家先举杯预祝即将奔赴战场的大四师兄们一路好运。"方子染豪气冲天，端起酒杯便一饮而尽。

苗西西扯了扯她，让她稍微克制克制，这酒虽然清甜，但也是能醉人的。可偏偏方子染丝毫不在意，大呼畅快，苗西西也就随她去了，反正今儿个醉了也有地方睡。

苗西西注意到范祁，他自从来了之后一直都是在独自喝闷酒，之前的那个搞笑少年仿佛一去不复返。她本想劝上几句的，却被苏树止住："没事，让他喝吧，这段时间也该憋坏了，让他发泄发泄。"

"来来来，我代表即将奔赴战场的大四师兄祝各位学弟学妹在以后的日子里天天开心，心想事成。"陈遇直接一口闷，一杯酒下肚，早已分不清到底是何味道，只知酸酸甜甜，还略带苦涩。

苗西西瞧着他们这一个个都铆足了劲往口里灌酒的姿势，心疼不已，一瓶瓶的好酒，都来不及被好好品味就已仓促下肚。

"大神，我先敬你一杯。这两年里，我可一直是仰慕你的，不过你放心，只是单纯的仰慕而已，不敢心存不轨，以后呢，你跟我们家翠花一定要好好的，你不能欺负她，不能虐待她，更不能不爱她。如果她受到了一点的委屈，我们可是会找上门的，我可是体育特长生进的校门，打架什么的，我很在行的，再者，我只要挥一挥手，兄弟四处皆是，所以，你可不能小瞧咱翠花背后的势力。"方子染说得有些乱，但意思到了。苗西西看着她，眼眶不自觉间竟有了湿意。染染总是这样，为了朋友，不惜两肋插刀。

苏树受下她敬的这杯酒后又给自己满上："这杯我干了，谢谢你们对西西的照顾。我们以后定会好好的，不负你们的期待。当然，如果你们以后有什么需要我帮忙的，只管直言，我能帮的，绝不二话。"

"还是大神爽快。"染染将对苏树的仰慕之情发挥到底。

"怎么我就不爽快了？"陈遇表示自己平日里对她们几个也是不赖，怎么今儿个连个好话都讨不到？

"你嘛，聒噪了点。"还没等染染想好怎么回答才不至于伤他的心，结果李文歆抢了话。

"你以为谁都是你呀，一个女生天天就知道玩游戏，活该找不到男朋友。"陈遇气急。

"搞得你不玩游戏就找到了女朋友一样。"李文歆翻了个白眼，将其鄙视到了脚底。

陈遇气绝，欲与之争个高下，却被苏树及时止住，无奈之下，他摆了摆手："好男不跟女斗。"

"你是斗不过。"李文歆今日也不知怎的，平日里一般都是点到即止，今日却大有不争赢不罢休的架势。

陈遇闷哼了一声，猛地灌了一口酒，被呛得连连咳嗽。

"蚊子，你干吗呢？"染染悄悄地问李文歆。

"哦，没事，今天玩'王者荣耀'被人坑惨了，总得找个人出气。"李文歆说得若无其事，却恰好被陈遇给听着了，陈遇本想反驳来着，却再次被苏树给制止，他一口气上不上，下不下，憋着真真难受。

何以解忧，唯有杜康。

"要不小爷我带你飞？"宁泽焘蹭了蹭她，好不嘚瑟。

"不要。"李文歆拒绝得利落。

宁泽焘捂着一颗心痛得不行："我一个钻石主动提出带你，你还不要？"

"你钻石几？"李文歆一脸不屑。

"钻石三。"宁泽焘扬起他傲娇的小头颅，好不嘚瑟。

"我钻石一。"

宁泽焘不再说话了，这是他被一个女生鄙视得最严重的一次，他觉得他已经再无脸面在游戏圈混了。

他发誓，他要卸了"王者荣耀"。

"对了，季辰，听说你工作已经找到了？"苏树突然将话题转到季辰身上。

季辰跟沈晗一直在咬耳朵，也不知道两人到底在窃窃私语什么，被苏树这么一问，立马反应过来："哦，你说工作呀，我那只是暂时的，想先工作一段时间，了解一下行业情况之后再换吧。"

"你篮球队那边情况怎样了？"

季辰本就是以篮球特长生进的师大，高中的时候就被省篮球队看中，却在比赛的时候因发挥失常，没能入选，本是一大遗憾。后来进入大学，一直担任校篮球队队长，也有意想能再次有机缘进入省篮球队。

"应该没戏了吧，托了关系，也去打了比赛，但是却一直没有消息。"专业的篮球选手对年龄也是有要求的,以他现在的资质和后台,也是自知希望不大。

"我昨天听我爸说起省篮球队最近有意要在大学招一批人,刚好我爸有朋友在篮球队,如果你有想法的话,应该可以帮你争取一个名额,不过就看你自己怎么想了,毕竟快毕业了,是选工作还是选篮球,得由你自己决定。"

季辰瞬间双眼放光:"真的?"

"不过应该也是要打比赛的吧,我是觉得你可以去试试,怎么说也都是一个机会。"

"去,当然去,那就先替我谢过叔叔了。"季辰高兴得手舞足蹈了,举起酒杯,"来来来,大恩不言谢,一切尽在不言中。"

大家左一句右一句地扯着,而范祁已经倒在了一旁,几个男生帮着将他弄上小木屋,之后大家该干吗干吗,继续喝,继续海聊,不知不觉中就已经到了傍晚,大家有事的就打车回学校,没事的便留下来继续喝。

宁泽焘、陈遇、季辰都醉得不省人事,也就苏树还意识在线,几人努力将他们扶上木屋后,苗西西便带着寝室几个去奶奶家睡一晚,恰好今天奶奶说要去姐妹家走动走动。

"西西,我明天能不能带点酒回寝室呀,那杨梅酒味道特正。"染染都躺床上了,还在惦记着她的酒。

"嗯嗯,我要那个桃子酒,酸酸的,酒劲没那么大,我要这个。"沈晗也不甘落后。

"那西西,我能一样的拿一瓶吗?"李文歆趴在她的腿上,可怜兮兮地问,结果遭到她们两个的一顿毒打。

贪心不足的家伙。

"唉,时间过得真快,一眨眼他们都要大四毕业了,我们也要大三了,突然觉得有些舍不得。"一向以汉子著称的方子染同学竟然都开始感叹时间如流水了,不容易。

"可是我还在想,我今年是不是要争取全部挂科,然后学校是不是就会让我留级一年呢?"李文歆换了个姿势,跟她们仨一起并排躺在床上,畅想着她的游戏人生。

"是不是这样你就可以多打一年的游戏了,是吧。不过,你放心,据说有两次的补考机会。"染染毫不留情地揭穿事实。

"那我补考也不过。"

"那你别到时看着我们毕业了就来找我们蹭吃蹭喝。"

"就是。"

"蹭吃蹭喝就算了,我也就蹭点游戏钱而已嘛。"

"一边去。"

几个女生欢乐地聊着彼此的心事,夜间月亮高挂,像是在偷听着她们的小秘密。

因顾忌着几个男生醉了一宿,以防他们起来头疼,苗西西便早早地起来给他们煮了些绿豆粥,又泡了一些蜂蜜水送过去。

"你怎么过来了?"苗西西还在厨房忙活着,苏树却过来了。

"你的服务只能我享受。"苏树接过她手里的活计开始忙起来。

"哎呀,你们这一大早的就这么秀恩爱,真是想虐死我们这些单身狗吗？"李文歆习惯性地起床上厕所，恰好听到了，倚着门框捂着眼睛从指缝里偷看。

"活该你受虐。"苗西西朝她吐了吐舌头，"厕所要一直往前，再左转，您老人家赶紧去解决吧。"

"得嘞，你们慢慢享受。"

苗西西朝着她的背影狠狠地踹了一脚，苏树捏了捏她耳朵："一点都不优雅。"

苗西西怒眼一睁。

苏树笑了笑，在她唇间落下一吻："应该再加三百六十度回踢。"

苗西西踮起脚，圈住他脖子，笑眼眯眯，主动送上自己的香唇："你说得对，奖励你一个。"

四唇相依，两舌交战，彼此贪婪地攫取着对方的气息，温柔地探索着每一个角落。

她双眼紧闭，让他瞧不见她眼里的风光，只瞧见长长的睫毛忽闪忽闪，灵动得像雀跃的蝴蝶，脸上细致的绒毛清晰可见，鼻头沁出细小的汗珠。

许是感受到了他炽烈的注视，她白皙的脸蛋渐渐泛红，却怎么都不肯睁开双眼。一吻结束，他圈着她舍不得放开，像是眷念般又轻轻地在她右眼上落下一记吻。

"话说你们一大早就这么凶猛真的好吗？少儿不宜呀。"方子染被尿意憋醒，谁知竟让她免费瞧了一出大戏。

苗西西羞得躲在苏树怀里不敢出来，染染可没蚊子那么好对付，她是荤素不忌，所以，不能接她的腔，若不然，挖坑埋的肯定是自己。

"哎呀，哎呀，不打扰你们了，你们继续，我去找厕所了。"方子染见没人搭理她，顿觉无趣，扭捏着走开了。

"呀，羞死了。"苗西西听着声音，染染应该是离开了，这才钻出来。

"没事。"苏树捏了捏她通红的脸蛋，刚才接吻时都还没这么红，现在却是又红又烫，这么害羞？看来以后还得多多锻炼锻炼。

"你别瞎想。"苗西西意识到苏树脑子里的馊主意，又羞又恼地立马出言制止。

"那我想别的女人？"苏树逗她。

"你敢！"

"嗯，不敢，只想你。"苏树单手圈住她，揉了揉她一头乱糟糟的头发。

"呀，我都没洗头来着，你看着，我去洗头。"苗西西瞬间逃离，被他这么一揉，这才想起，自己还顶着一头无法见人的鸡窝头来着，惨了惨了，形象全毁呀。

"你怎么了？"

蚊子刚好从洗手间出来，两人撞了个满怀。

"我没洗头。"

"我去，你以为你是韩剧女主角哦。"李文歆"喊"了一句，便又游荡着回去睡回笼觉了，徒留苗西西独自风中颤抖着。

我们都会好好的

听说你很欣赏我

1

六月。

栀子花开,浓浓花香弥漫整个校园。

莘莘学子,欢声笑语遍布每个角落。

香樟树下,白裙轻扬。

操场之上,黑色学士服衣袂翩翩。

"毕业快乐。"

苗西西见苏树拍完毕业照后散场,飞奔着扑向他,他一把接住她,旋转,黑白交错着仿若一幅水墨画。

"喏,送你的礼物,虽然你一早就知道了,但是,好歹也是我的心意,不能嫌弃。"苗西西还有些喘,使足劲屏住呼吸,义正词严道。

苏树接过，笑着帮她轻轻拭去额间的汗珠："谢谢。"

苗西西当初为了送他一份特别而有意义的礼物绞尽脑汁，最后决定亲自为他做一块铁皮书签。

为此，她还专门托了大苗帮她找熟人打造了一块叶子形状的薄铁片。

当时大苗还一个劲地追问她做何用，苗西西也是被逼无奈，只得老实交代。

本来还以为大苗会有所反应的，结果谁知大苗竟然一言不发地就走开了，当时她还怕大苗将她拎起来暴打一顿呢。不过暴打没有，倒是在晚上的时候，大苗临时开展了一场家庭会议，议事人员从老到幼，连奶奶都上阵了。

会议主题：关于苗西西谈恋爱隐瞒不报！

可当大苗看着老宋跟奶奶一脸淡定的样子，就被气得不轻："所以你们全都知道了，就我一个人被蒙在鼓里？"

这孩子气又上来了，苗西西赶紧好声解释："不是，爸，我这不是怕您伤心吗？再者说了，您不是也一直都不准我早恋嘛，所以，我就想着，我先偷偷的，等毕业了再告诉您也不迟，是吧。"

"那你现在怎么知道说了？还偷偷的，你还真以为我舍不得你？"大苗双手抱胸，全程黑脸。

"舍得？你倒是现在说舍得，那小姑娘谈个恋爱你就急吼吼地在这儿讨论是个什么劲？"老宋二话不说直接怼上。

苗西西朝老宋投以感谢的眼神。

"就是，这还只是谈个恋爱，你就瞎激动个半天，要是出嫁那你不得急哭了？"奶奶顺着上。

"不过，奶奶您这么怼您儿子，就不怕他感受到孤立而伤心欲绝吗？

"我只是觉得我养了这么多年的白菜被一头猪给拱了，我有什么好激动的，也不知道那头猪长什么样，也不知道带回来看看。"说着说着声音就小了。

苗西西朝着奶奶使眼色，姜还是老的辣。

"她也就在你眼里是一颗白菜，在别人眼里估计猪都不是，别瞎给自己加头衔。"老宋还真是一点都不嘴软呀。可是，这么损自己女儿真的好吗？好歹也是亲生的呀，苗西西欲哭无泪。

"那烂白菜也是我种的呀，也不能瞒着我呀？"大苗可委屈了。

"人家小姑娘那点小心思，你就别介意了，到时出嫁总归挽的是你的手，又不会是别人。"奶奶是真性情也，"不过西西你也是，明知你爸跟个孩子一样，还要瞒着他，下次别这样了啊。"

"还有下次？"大苗怒。

"没有没有，绝对没有，大苗您息怒，这次我随你怎么处置都行，成不？"苗西西朝他各种撒娇卖萌。

大苗虽恼她却又见不得她撒娇，就这样放她一马了，事后也还是帮了她。

拿到叶子后，苗西西亲自在上面刻上"我是你近旁的一株木棉"字样，丑是丑了点，能聊表心意就成。

"大神，毕业快乐。"方子染她们几个也过来了，竟然还准备了礼物,不过怎么连她都不知道?

"谢谢。"苏树接过后,苗西西便有些迫不及待地想要打开看一看是什么东西,以方子染的秉性,定然送不出什么好东西。

"现在不能看!"苗西西正欲打开,却被染染一把制止了,"嘿嘿,这个东西要晚上看才有意思。"

瞧着方子染这一脸的阴谋论,苗西西更是断定不是什么好货。

"我的礼物呢?"陈遇也不知道在干吗,弄得满头大汗地跑过来,伸着手就向染染索要礼物。

苗西西对着他伸出的手就是一拍:"你一大光棍,还要什么礼物,要不我把染染许配给你?"苗西西使劲地朝方子染使着眼色。

"我不要。"

难得的异口同声,两人还真是默契十足。

苗西西双手一摊,耸了耸肩,表示无奈:"那就没啥礼物可送你的了。"

"哈哈,西西,你太污了,礼物肯定不是你想的那种,单身的,非单身的,都有,毕业者人手一份。"方子染又掏出一份礼物递给陈遇,"范祁呢?"

"在那儿呢。"陈遇指了指不远处,范祁正在跟文教授交谈,"不过,老三怎么就选了文教授做导师呢,听说挺严苛的。"

"文教授挺好的。"苏树轻吟了一句。

当初三人约定毕业后便一起打拼,将网站发扬光大,昔日誓言犹在耳畔。可如今，陈遇继承家族企业，范祁决定考研，苏树也重新规划了方向，虽三人都有了各自的方向，却都依旧在为梦想而战。

"怎样？"苏树见范祁过来，问了一句。

"嗯，毕业后我会留校，先跟着文教授。"

"文教授虽然严苛，但人挺好的，你加油。"

范祁点了点头应下，不再言语。

如今的范祁敛了往日的活泼，沉稳了许多，却也变得沉默了，或许这就是生活下的一种蜕变吧。

而范易那边，案件经过一段时间的非公开受审，结果也还算乐观，为其洗清了冤屈。不过，钱毕竟是经他的手出去的，也不是没责任，所以，经济处罚还是必然的。

"老三，毕业快乐。"方子染将礼物递给范祁，"感谢你们的照顾，礼物虽轻，但情意很重，以后等我们毕业了，我可是要抱大腿的哦，所以呢，你们可要混好咯。"

"我的大腿岂是尔等能随便抱的？"陈遇傲娇地将脸撇开。染染将他上下打量了一番，更是不屑："话说你有大腿吗？在哪儿呢？我怎么没瞧见？"

"喊，肤浅。"

"对了，我们一起拍张照呗。"染染提议。

"等季辰他们吗？"苗西西问。

"不等了，他俩肯定又腻歪去了。"染染直接拒绝。

晚上是毕业生的毕业聚餐，苏树本欲带苗西西一同前往，不过她可不想成为大众的焦点，也不想沦为谈资，决定还是乖乖地回寝待着舒服自在。

"翠花，话说你家苏哥哥的计划是什么呀，神秘兮兮的，我套陈遇的话都没有套出来。"染染挪到她旁边，贼兮兮地问。

"大苏说要保持神秘感，所以连我也不知道。"苗西西无辜地摊了摊双手。

关于苏树想将她酿的酒打造成自主品牌的事，苏树一直都是在默默地进行，知道的人少之又少，显然，他不想闹出动静，既然如此，她自然也是要帮他保密的。

方子染自然是不相信的："你骗谁呢？就算他有意瞒着众人，也不可能瞒你呀。"

"骗你呀。"苗西西大笑，"染染，我有点事出去了哈，今晚我就不回来了。"

"啊？都这个点了你去哪里呀？"方子染瞧了瞧时间，这都已经将近十一点了。

"方子染，你是不是傻呀？"李文歆无奈地翻了个白眼，人傻不重要，重要的是分不清形势。

"你怎么不在里面等我呀。"苗西西赶到的时候，苏树正蹲在马路旁的大树下，见到她来了，朝她咧嘴笑了笑，之后便狂吐不已。

苗西西扶着苏树吐了好一会儿，等苏树稍稍舒服点后，帮他擦了擦嘴，苏树却只知一个劲地对着她傻笑，还真是喝糊涂了。

两人回到小屋后，苗西西将他安顿好便去帮他泡蜂蜜水,谁知本来都已经躺到了床上的人又起来了,过来从背后抱着她便不再撒手,像只树袋熊一样趴在她脖颈间蹭来蹭去,苗西西被他的呼吸弄得痒痒的,试图想要将他扒开,却总是无功而返。

"西西!"苏树一遍一遍地唤着她的名字,苗西西一遍一遍地应着,两人就这么僵持着。

好不容易泡好了蜂蜜水,却怎么哄他都不喝。

"大苏?"

"嗯。"

"喝点蜂蜜水?"

"不喝。"

"那你先放开我?"

"不放。"

"可是我累了。"

"那我抱着你。"苏树换了个姿势,从前面抱着她。

"可我还是累……"

"那我们去床上。"说时迟那是快,苏树直接将她打横抱起进了卧室,那杯泡好的蜂蜜水就那样孤零零地被遗留在桌上,隐隐冒着热气,仿佛在哭泣。

"苏树!"他这绝对是借酒耍流氓,苗西西一声怒吼,得到的却依旧是苏树的傻笑。

这家伙到底是真醉还是假醉?

她被温柔地放到床上,紧接着他也自动爬了上来。苗西西条件反射地抱住胸,前面这么久都只是盖棉被纯聊天,莫非在今日给办了?

可是要办她怎么也得选个清醒的日子呀。

"那个,大苏,咱们,要不,换个日子?"苗西西试图远离他一点,可他却跟着近一点,又朝她傻乐呵。

这个时候的他怎么那么像地主家的傻儿子?莫不是真的醉了?

"大苏?你知道今天是什么日子吗?"苗西西试探性地问道。

"知道。"

"那什么日子?"

苏树朝着她呵呵乐了几下便不说话了,将她圈进自己怀里:"今天是我要开始替你担责任的日子。"

虾米?担责任?莫非来真的?苗西西瞬间僵住,虽然他俩是真心相爱,但是,关于这事,她还没做好准备呢,再者,他这迷迷糊糊的样子能进行吗?

"大苏呀,你不是说要等到新婚吗?"苗西西试图逃离他的魔掌。

"嗯,结婚,等你毕业我们就结婚。"他又将她抱紧了一些。

"不是,我说的不是这个。"苗西西有些对牛弹琴的懊恼,可偏生对他还说不出一句重话。

"嗯,我们不说这个。"苏树闷声闷气地应着。

怎么大苏醉了是这样的呀?简直就是油盐不进嘛。

"今天我毕业了,以后就没有了任何的庇护。但是西西,你放心,我会努力赚钱养你的,一定会让你过上好日子,帮你实现你的梦想。不对,实现我们的梦想,你的就是我的，我也会担起所有的责任。你呢，只管做你的那个快乐小公主就好了，知道吗？"

苗西西完全没料到苏树竟然会突然说这么一段，而且还是在意识迷糊之时，所以他前面说的负责是说会对她以后的生活负责？

苗西西回拥住她，埋首在他胸前，所有的感动最后化作两个字："傻瓜。"

其实她很清楚自己在他心中有着怎样的地位，即使他们彼此都很少说些肉麻的情话，但是因着记忆共享的原因，所以很多事，不说但彼此明白，而今日，在这种情况下，他依旧心心念念的还是她，怎能让她不感动？

苗西西主动吻上他，即使浑身酒气，此刻也阻挡不了她一颗要奉献的心，不过对于她这主动送上门的香味，有人却是推推搡搡的，口里还一直念叨着没漱口，苗西西被他逗得都没了风度，摁着便啃咬了好几下。

也不知是不是被她的淫威给屈服，总之，一直闹腾的人竟然安静地睡着了，苗西西折腾着帮他洗漱了一番之后才沉沉睡去。

翌日一早，苗西西是闻着香味起来的，厨房里，苏树系着围裙正优雅地忙活着早餐。

新鲜出炉的皮蛋瘦肉粥搭配金灿灿的鸡蛋馒头饼，光是看着就觉得口水直流。

苗西西也顾不上还没洗漱，直接拿了一块馒头饼便往嘴里塞，吃得吧唧吧唧直响。

苏树揉了揉她一头乱糟糟的头发："要不，你去剪个短发吧。"

"啊？为啥？"

"早上起来懒得梳，洗完懒得吹，你太懒了。"口里虽然这般说着，可手却没听着，帮她开始扒拉起来，稍稍弄整齐了点。

"怎么？就嫌弃了？梳头和吹头本来就是你们男生的责任。"苗西西反驳，说完就想起染染曾鄙视她把自己当韩剧女主角来着。

"如果我以后不在的话你岂不就是要和一头湿发睡觉了？这样容易感冒。"他哪是嫌弃，只是舍不得，之后他到处跑的时间可能会渐渐增多，照顾她的时间也就不再么宽裕，可她却被宠惯了，没了他在身边，他怎么放心？

"没事，我习惯了长发。"苗西西知道他最近在到拉投资，谈项目，走相关的检测部门，所有事情都是他在忙活，也是心疼不已，"我会照顾好自己的，你别光顾着我，只要是你想做的，就放手去做吧，我保证不拖你后退。"

苏树掐了掐她脸蛋的肉肉，低头而下便吻上了她，打了她个措手不及。

一吻过后，他餍足地抹了抹唇："补上昨天的。"

哪有事后再讨债的道理？"我没刷牙！"

2

苗西西最近的状态堪称打了鸡血，天天实验室、图书馆两头跑，方子染觉得她以前认识的可能是个假的苗西西。

"翠花，你最近是不是魔怔了？"染染依旧在煲着她的各类剧，面对即将到来的期末考完全不在意。

"我决定了，我不能拖大苏的后腿了。"苗西西慷慨激昂，"虽然我以前是个学渣，可那只是我不努力的结果，现在我要奋起了。"

李文歆默默地竖起了大拇指，之后继续玩她的游戏。

"不过估计你就算怎么努力也当不了学霸。"方子染对她的誓言很是不屑。

"为什么？"

"环境决定一切，因为这是一个只接受学渣的寝室。"

"不，我要脱离你们。"

"好，绝交。"方子染与李文歆同时出声。

她不过是想做个学霸而已，怎么就这么难呢？

期末考如约而至，苗西西虽然没能成为所谓的学霸，却也算是挺进了一大步，将寝室的那几只学渣远远地甩在了后面，尤其是还挂科了的李文歆。

暑假的时候，苗西西的生活开始忙碌起来了，因为她要开始大批量酿酒，七八月份正是各种水果正当值的时候。

与此同时，苏树也带回了一个好消息，信阅集团即将举行一场大型的联合商业晚会，凭着之前的一点交情，苏树谈下了他们的酒水生意，虽然只占了其中10%的比例，却已是一个绝佳的展示机会。

得此消息的苗西西更是兴奋不已，当即停下酿酒，立马将这好消息分享给奶奶。

苏树晚上过来的时候，苗西西正跟奶奶欢快地打着密封，祖孙俩有说有笑，脸上、手上、衣服上都是各种果渍和泥土。

"大苏来了呀？西西你去陪一会儿，这些我来封。"奶奶催着苗西西，可他哪用得着陪呀，这里他都跟自己家一样了。

"没事，奶奶，你们今天酿了多少呀？"苏树一边说着一边过来想要帮忙，却被奶奶拒绝了，说是这个密封也有讲究的，比如泥巴的量、抹的厚度，都得拿捏拿捏的。

苗西西笑无所不能的大苏也有被嫌弃的一天，对此，苏树也只能在旁干看着。

"话说这10%的量是多少呀？"苗西西不懂这酒水供应的量，但是想着既然是大型商业晚会，那怎么也不会少到哪里去吧。

"这个并不是具体的考量，对方只是同意我们入驻果酒那一块，至于能用到多少的量，就看能喝掉多少。"

"哦，也就是说先给我们一个角落，若是有需求再提供是吧？"

"对，当天我会以供酒方代理的身份出席，也会跟他们适时地讲解，这是个机会，如果有可能，能拉到赞助也不一定。"苏树眼里放光，他对未来充满了希望，他也坚信，纯正醇美的自制酒定能寻到一线市场。

"那我们是不是也要稍微包装下？"毕竟是要上大场面的，表面功夫也是要有所体现的。

"没事，这也正是我们打出的一大噱头，自制。"

而这一切，苏树心中都已盘算清楚，其实都轮不到她操心，她要做的便是酿出美味的好酒。

信阅一年一度的商业晚会，来宾皆是上层成功人士，灯光霓虹，华彩艳服，觥筹交错，而苏树穿着印有特殊"西树果酒"logo的白色西服，端着颜色艳丽的酒悄然游走于各色人群之间，走过之处留下一片醇香。

识酒之人自然是一眼便可识穿他的酒，也有被酒香迷住之人："小伙子，这酒是什么酒？这味道，很熟。"

苏树微微浅笑，始终保持着淡然的姿态："您喝的这杯叫'初恋'，精选八分熟的毛桃酿制，味道酸涩清甜，如初恋一般。"

老人将他打量了一番，放下酒杯，却没再说其他便转身离开。

多少有些落寞，却总比无人问津的好。

"老大？真的是你？"陈遇端着洋酒过来，好不乐呵地调侃，"我都观摩你半天了。"

两人找了个安静的角落。

"怎么样？刚才跟你说话的那个老头，可是有名的投资人，你不会不认识吧？"

李泽涛，年约六十，隐形资产过亿，有名的投资人，可他的投资一般都是可遇不可求，一切都看缘分。有人做过他的投资分析，没有根据可循，不论规模，不论项目，不论成熟度，甚至是一些不被看好的项目他依旧可以将其打出一片天下，或者与其说是投资人，不如说是企业推手倒更来得贴切。

　　苏树一笑而过，却是换了个话题："你最近怎样？"

　　陈遇无所谓地摊了摊手："就跟你看到的这样。"

　　苏树意味深长地拍了拍他肩膀："上点心，家族企业谁都不简单，多跟你舅学着点。"

　　陈遇笑得苦涩："我舅那是天生的经商头脑，我可比不上。"说完似乎觉得有些过于心酸，而后又笑得吊儿郎当，"没事，你好好干，说不定到时我也抛弃所有投奔你。"

　　关于卢跃的经商头脑在当时那也是能成为人们饭后谈资的，卢家是家族企业，老爷子的想法是想让卢跃继承家产，可偏偏卢跃一脑门子想要自己创业，爷俩一赌气，卢跃直接弃了卢家这座靠山，自己打拼了。没想到，多年后，也会有如今这般成就，而且做出的规模并不比卢氏要小，且关系网更是复杂，所以陈遇才说，卢跃那是天生的经商头脑。

　　"反正你现在也没什么可抛弃的。"

　　"所以你这是在鼓励我？"

　　苏树怎能不懂他？"你心里早就有打算了不是吗？总之不管怎样，能用得着我的地方，义不容辞。"

　　晚会结束后，苏树正在统计酒的耗量，却突然有人在他面前停了脚步，递给他一张名片，简单的白底黑字。

　　苏树仓促间起身，双手在衣服上擦了擦后才伸手接过对方递过来的名片。

　　李光书，名片上只有一个名字，外加一串电话号码。

"如果有需要可以随时联系这个电话。"

李光书，李泽涛的长孙，一直跟着学做投资，苏树没想到他竟然会给自己递名片，而这种感觉就像是干涸已久的河流终逢了一场大雨。

"谢谢，我会的。"

对方并没有想和他多说的想法，正欲离开之际，苏树叫住了他，并且挑了两瓶年限稍久的果酒递给他："李总如果不嫌弃的话可以尝尝，这瓶叫'盛夏之光'，由青梅酿造，这瓶叫'寒冬之心'，由蜡梅酿造。"

李光书接下，朝他微微颔首后便离去。

手心的名片被抓得隐隐发烫，待人走远之后又重新拿起看了一遍，他内心的狂喜呼之欲出。而此刻在家的苗西西也是欣喜若狂，词不达意地跟奶奶一起分享。

苏树直到暑假结束后才联系李光书，带上了几瓶陈酿，以及苗西西奶奶亲制的糖裹山楂。

对方接到他的电话后并无惊讶，更像是一种运筹帷幄般的笃定。

"时间刚刚好。"李光书如是说道。

苏树一愣，没明白过来。

"果酒的酿造从精选到清洗到沥干到榨取再到比例的调配，再到初步发酵形成，最少要二十天的时间。"

苏树没想到对方竟然这么清楚，明快地道："李总这么熟悉？"

李光书点了点头，取了颗糖裹山楂放入口中，表面的糖粉入口即化，山楂酸酸甜甜，口感十足。

"我奶奶以前也喜欢弄这些玩意，尤其是这糖裹山楂，手艺一绝，我爷爷到现在还经常念叨起。"

"嗯，这也是我奶奶的拿手绝活，不过去果蒂这事有点麻烦。"当时奶奶在做的时候苏树也在一旁帮着，在煮的时候还能闻到酸味，不过做好之后倒是没那般酸了。

李光书几不可见地扬了扬嘴角："对，就这个麻烦，还必须得给它去干净了，要不然很是影响味觉。"

两人竟然就着这糖裹山楂便打开了话题，从美食聊得情怀，从情怀到人文，继而聊到政治，各抒己见，侃侃而谈，一直到最后，彼此都默契十足地没有扯到商业与投资。

这是一次纯聊天。

3

两年后。

香樟树下，苗西西一袭学士服靠着树干，不断地用肥大的衣袖扇风，试图能稍稍赶走一点炎热。

本来大家都在各自摆着各种奇奇怪怪的姿势拍照，玩得好不疯狂，可是突然之间却像是静音了一般，全都看向一个方向。

苗西西内心一阵傻乐，说了要低调，要低调，怎的偏生依旧被弄出了大动静。此刻苏树西装革履，手捧一大束娇艳欲滴的白玫瑰穿越人群，缓缓朝她而来。

那一日，她也是站在这棵香樟树下，穿着一袭白裙，而他一身黑色学士服,她迎风奔向他。

而今日,她站在同样的地方,穿一身黑色学士服,静静地看着他向她走来。

"西西,毕业快乐。"

苏树深情款款,送上他诚挚的祝福。

苗西西接过花,佯装娇羞地闻着花香,口中却嗔念着:"不是说了让你低调点吗?"

"可是你好像很喜欢。"苏树揉了揉她低着的头,无情地揭露了她的内心。

"大神,我们的呢?"方子染见缝插针,带头嚷嚷。

苏树指了指不远处艰难地抱着花束,往这儿赶的陈遇跟范祁。

"嗨,姑娘们,恭喜毕业。"

李文歆很是郁闷地接过花,而且还是一边抱一束,她向来不喜这些花花草草的东西,顿时就有些尴尬了:"其实吧,你们送花还不如一人送一套装备给我呢。"

不过染染倒很是喜欢。

"大嫂说你们都没收到过花,所以让我送花,简单又实惠,而且还能让你们感受下被爱的感觉。"

陈遇话音刚落,便感受到了来自对方的狠狠仇视,如果眼神可以杀人的话,那他估计早就被凌迟了。

苗西西无奈地翻了个白眼,有出卖队友出卖得这么彻底的吗?害得她立马躲到了苏树身后,以防惨遭毒手。

"苗西西,咱们绝交吧。"李文歆淡淡地道,她表示道不同不相为谋。

苗西西一个劲地躲在苏树背后狂吐舌头。

"是该绝交了,这么陷害我们不说,居然还以门门功课都优的成绩毕业,当初说好的一起做快乐的学渣的呢?总有人罔顾誓言。"当初的信誓旦旦,这也不过几年时间,竟就有人将其抛之脑后,而她们,却一直死死守着,不愿背弃。

苗西西表示这真的不能怪她,或许她天生就没有当学渣的命,以前当学渣那是还没开窍,后来任督六脉突然被打通,各路思维齐开阔,再加以大苏的学识辅助,竟就这么真的走上了学霸之路,这能怪她吗?

"你们就看到了我背弃誓言的一面,真是完全没想过我的好呀,蚊子,你当初补考补到哭的时候还不是我帮的你?若不是我,你今天能毕业吗?还有染染,你也没差,思政是不是我帮你过的?高数是不是我帮你过的,英语是不是我帮你过的?"苗西西越说越振奋,有种做了好事没留名般的谜之优越感。

"喊!"

方子染跟李文歆齐齐表示不屑。

本是畅聊之际,苏树的电话突兀地响起,只听他"嗯,好,就来"之类地说了几句后便挂了电话,然后神秘兮兮地朝大伙说:"今天我有个重要的事情需要你们帮个忙,不知道你们有没有时间?"

"大神的事就是我的事,义不容辞。"方子染率先表态,其他人自然也是一众应好。

许是大家都沉浸在毕业的兴奋之中,并没有人发现苗西西的异样,从苏树电话响起后,她便一直紧紧地抓着他的手不曾松过，而且满脸通红，直到上了车，苏树帮她系上了安全带，她还不愿松开。

苏树笑得宠溺而又无奈，轻轻地揉了揉她的脑袋，轻声安抚："你像平日那般便好。"

苗西西依旧不愿放开，一双眼可怜兮兮地望着他。苏树只得半蹲着抱了抱她："没事的，该紧张的是我。"

直到后面的喇叭响起，苗西西这才松了手，却改成了死死抓着安全带。

"你说他们上个车干吗这么腻歪？真是的，天天在一起还不够，还要来刺激我。"染染唯有抱着花聊以慰藉。

陈遇但笑不语。

"哇哦，这是……"染染透过车窗看着外面人潮人涌，一片喜庆。

"今天是老大跟大嫂的自主品牌挂牌仪式。"陈遇停好车，好心给她们解释。

"好你个苗西西，这下不绝交都不行了，居然藏得这么深。"染染一边骂骂咧咧一边又念叨着自己都没有好好拾掇就被拉来了，若是碰上个帅哥一见钟情怎么得了？

"人家都是老板娘了，你还舍得绝交？"陈遇取笑道。

"哦，也是，看在可以抱大腿的份上就先算了。哎，老板娘呢？"方子染到处张望，瞧了会儿，却没找到人，最后还是在车上逮到了，"我说苗西西，够隐忍的呀，都这时候还不准备跟我们汇报汇报吗？"

苗西西本来就紧张得不敢下车，却没想到最后竟直接被染染给拖了下来。

"西西,你先跟染染她们坐在一起,位置都已经安排好了,没事的,别紧张。"显然,苏树很忙,他人刚下车,便不断地有人过来跟他说着各种事项,苗西西只得任由方子染宰割。

"说吧,坦白从宽,抗拒从严。"陈遇将她们位置安排好之后便先行离开了,留下她们几个。这不,刚坐下,染染就一脸正义地开始向她讨伐。

苗西西一时半会儿也不知道该怎么跟她们解释,之前有跟她们说过自主品牌的事,但是具体的进展却没有过多地说过,一来,这本来就都是苏树在处理,很多事情她也不懂,所以也不好说多。二来,她是想低调点的,想着哪天请她们吃顿饭,然后全招了。

"那个,我真的不是故意不说的,只是……"苗西西措辞了半天却依旧不知道怎么说,最后只得认命了,"你们从严吧。"

几个女生在台下打打闹闹,台上还有舞蹈队在进行预热演出,她们也是新奇不已,而苗西西却一直揪着一颗心半刻也不敢松懈。

"你怎么这么紧张?"最后还是染染发现了她的异样。

苗西西摇了摇头,她现在是有诸多事都不便与人诉说,只是独自煎熬。

"西西,等下你要发表感言吗?"沈晗很是好奇。

"啊?"苗西西晃了下神,"哦,不要的。"她想应该是不要的吧。

正午十一点，随着音乐响起，舞蹈队退场，主持人入场，宣布仪式正式开始，乐队的凑乐走向高潮，现场礼花礼炮响起。

热闹过后，主持人开口："很高兴今天能担任西树果酒开业的剪彩仪式的主持，不过，我先在这儿给大家透点料，这可不是一个简单的剪彩仪式。据说今天是个好日子，六月八号，六六大发，也是高考的第一天，我们先祝所有的高考生考试顺利，其次呢，我们苏总的女友毕业了，恭喜恭喜，以后的身份可就是老板娘了……"

主持人依次介绍着到场的一些嘉宾，而陈遇也在其列，而且身份还是陈氏集团的继承人，他已经换了一身衣服，没了与他们一起时的嬉皮笑脸，倒也像是个有身份的富二代。

之后便是一些重要人士的致辞。

"哇哦，那个老头我认识，是著名的投资人，叫什么来着，我一直记得的。"染染使劲地挠头，可是想了半天却依旧没有想出他的名字。

"李泽涛。"李文歆默默地补了一句。

"对对对，就是他。"说完之后才反应过来，"哎，你怎么知道的，你不是对这些东西从来不感兴趣的吗？"

"你也不看看我姓什么。"李文歆依旧一片云淡风轻，却是引来了周围一片人的注视。

染染将她从头看到尾，怎么都不敢相信，最后还是摇了摇头。

"因为我们都姓李啦。"李文歆没好气地道。

不过这会儿染染倒是怀疑起来了："李文歆，你该不会真的是隐形富豪吧？你天天玩游戏，也不怕挂科，也不怕留级，还各种不缺钱……"

李文歆对着她的头就是猛地一敲："止住，别瞎想。"

"你发誓。"

"这还要发誓？你不是见过我全家福吗？"

"照片会骗人，你发誓。"

"好，我发誓。"

染染这才稍稍放松了点警惕。

不过苗西西倒是起了好奇心，以蚊子的"尿性"，一般不会这般不洒脱的，莫非真有猫腻？

李老说话很是幽默："苏树这个小伙子不简单，他供我两年的酒才换来我的投资，看得出，不是个小气的人，家里呢，也有个大方的贤内助，今日我也就不多说什么了，主场给小伙子吧。"

台下掌声笑声一片。

"我怎么没发现你大方？酒都没给我喝？"染染挑眉表示质疑。

"拜托，你经常醉在我家酒窖是怎么回事？"方子染醉在她酒窖的次数绝对不下五次。

"大神发言了，快看。"沈晗阻止了她们的吵闹。

台上的苏树依旧穿着那身黑色的西装，笑容浅浅，目光扫视一圈之后最终落在苗西西的身上："李老说我有个大方的贤内助，我觉得也是的。不过与其说这投资是用酒换来的，倒不如说是拉家常拉来的，李老是个有情怀的人，而我们的西树果酒呢是个有情怀的品牌，所以一拍即合。"说完,他朝李老恭恭敬敬地鞠了个躬。

"现在放在大家面前的酒就是我们李老喝了两年多的酒,大家可以尝尝,味道不错的话欢迎选购。这酒呢,全都是我贤内助跟她奶奶亲手酿制的,每一种都有专属的味道,其中有一种叫'初恋',精选八分熟的毛桃酿制,味道酸涩清甜,如初恋一般。而今天,我的初恋就坐在台下。"

苗西西一张脸早就已经烧得滚烫,都不敢往台上看了。她都说了要低调低调了,可某人却偏偏要逆道而行。

"我们这个品牌叫西树,取自我和她名字中的各一个字,我很高兴,我实现了当初许给她的承诺,而今天,我想趁此机会,完成我对她的另外一个承诺。"

"哇,大神这是求婚的节凑吗?西西,赶紧答应呀。"方子染显然比她还激动,一个劲地推搡着她。

"西西,赶紧答应呀。"沈晗也是各种羡慕,唯独李文歆一派淡然。

她答应什么呀,他都没求呢?

当然,碍于方子染的助攻太过猛力,直接将她推进了大众的视野,而苏树此刻正朝她缓缓走来,牵起她的手,行至舞台中央。

苗西西全程不敢抬头。

"西西,因为某种原因我无法给你制造浪漫,也给不了你惊喜,我们之间也从无多话,很多事情无须解释,彼此也都懂,所以相比之下,我们的爱情之路会显得平淡很多,但是别人可以做的,我也会全为你做到。你以前一直希望有一天自己酿的酒能让更多的人喝到，能创立属于自己的自主品牌，而在今天，我将这个梦想正式送给你，所以，西西，嫁给我吧。"

是的，因为记忆共享，所以他们做的每一件事情对方都会知道，给对方制造惊喜对大众情侣来说是一种温馨而又甜蜜的浪漫，可对他们来说却成了一个艰难。

可是，即使苗西西知道他今日要借此机会跟她求婚，甚至是好久之前便已经知道，可真到了这一天，她依旧会感动，会紧张，会觉得莫大的幸福。

她想，或许所谓的幸福并不在于惊喜与否，而是在于真诚的付出吧。

"答应，答应，答应……"

她还沉浸在自己的遐想之中，可台下却早已一片疯狂。

尤其是方子染。

这妞竟然还哭了……

苏树单膝跪地，躺在他手心的那枚戒指还是他们一起去选的，内里还刻上了对方的名字。

苗西西慎重地点点头，眼泪在这一刻止不住地往下掉。

苏树一跃而起，欣喜若狂地抱住她转圈。

她想，他们最大的幸福在于，就像即使她知道他的安排，却依旧会感动到落泪，即使他明知她会答应，却依旧会高兴得手舞足蹈，像个没长大的小孩。

而这，正是爱情的动人模样吧。

左手中指忽地传来一阵冰凉的触感，来不及多加感受之时双唇也已被封住，一时之间，她竟忘了呼吸。

一吻落毕，苏树温柔地帮她擦去两侧的眼泪，笑着说："傻瓜。"可眼泪却越擦来得越狠，苗西西一把栽进他怀里，使劲地将泪水鼻涕全擦在了他的西装上。

"大家都看着呢。"苏树轻轻拍着她的背，柔声抚慰。

"看吧，今天确实是个好日子，这都好事成双了吧……"主持人适时地进行控制，可他话还没说完，却被还在抽泣着的苗西西打断了，她小声示意，自己有话要说。

主持人将话筒递给她。

"那个，今天好像有点丢脸了，穿得也不漂亮，嗯，总之呢，谢谢你送给我的梦想，也谢谢这些年你对我的包容，嗯，我也不知道该说些什么了，我前几天还看到了一个帖子，说是你做过的震惊全校的一件事是什么，当时我记得蚊子说的是因为连玩了两天游戏而被送进医院，染染说她追了无数个男生却从未追到过手，而我，我想，大概就是嫁给了你吧。"

想想，这些年做过什么伟大的事呢？好像是你娶了我，而我嫁了你吧。

番外之 四张愿望卡

听说你很欣赏我

跑腿卡

苏树跟苗西西结婚了,与此同时,家里也新增了两名成员,恭喜、发财,这是陈遇送给他们的结婚礼物,恭喜是一只萨摩耶,发财是一只二哈。

为此陈遇还曾表示过强烈抗议,如此贵气的狗狗竟被取了个如此俗气的名字。

但是苗西西表示,做生意嘛,就图个吉利,所以她觉得恭喜发财甚是喜气。

可恭喜、发财毕竟年纪还小,总是各种不听话,还需要多加培养,一天晚上,也不知道它们为了什么闹个不停,苗西西睡得正甜,怎么都不愿起床,便推搡着苏树,让他去瞧个明白。

苏树也是累得紧，也不愿起床，两人你推我，我推你，谁都不愿起。

"老婆，你去吧，恭喜、发财都比较喜欢你。"苏树迷迷糊糊地翻了个身继续睡。

"老公，你去，我困！"苗西西踹了他一脚，接着睡。

恭喜、发财在外面依旧吵个没休，苗西西彻底被吵醒了，一个挺身坐起："苏树，你去，我用一张跑腿卡。"

最后还是苏树半睡半醒着去瞧了个明白，原来是因两只小狗牙齿都还在发育，需要磨牙，正在咬着一块木板。折返回来时却瞧见苗西西正抱着门框一脸深情地看着他："大苏，我也起来了，跑腿卡能不能撤回？"

不能。

苏树怎会不知，这丫头分明是被尿意憋醒不得不起的，居然还好意思向他索回跑腿卡？

耍赖卡

婚后一年，苗西西怀孕了，从知道怀孕的那天开始，她便成了一只国宝，所有的人都围着她转，尤其是在吃的方面，各种讲究注意，而本来特别喜辣的苗西西活生生被逼着将辣给戒了，也就大苏时不时地给她偷偷弄点有口味的东西过来。

可如此一来，大苏就经常被骂，苗西西虽有不忍，可实在也耐不住自己的食欲呀。

这一日，实在是想吃酸辣粉了，一直嚷嚷着想去吃，而苏树前几日为了满足她想吃卤藕片的心思，便偷偷给她弄了点，结果被老沈给发现了，被骂得不轻，于是这次就算苗西西再怎么撒娇耍赖也不肯答应了。

"就一点点好不好嘛？让老板少加辣好不好？大苏！"
苏树义正词严地表示拒绝。

"大苏，你去不去嘛，我每天吃这些东西真的都不想吃了，我想吃辣的！"
依旧是拒绝。
拒绝。
再拒绝。

"大苏，我记得我还有张耍赖卡来着，是不？"
苗西西想她为了吃口酸辣粉真是不容易呀。

邀请卡

苏树去了成都出差，成都美食天下闻名。
而苗西西正处于励志减肥的当口，自从结婚后，她的体重真的是在直线变化。
可这日晚上，苗西西特意没吃晚饭，苏树却偏偏发了很多美食照片给她，还各种诱惑："其实你一点都不胖，真的，没必要减肥，看，这么多好吃的，怎么能放弃呢？"
"再者说了，不管胖瘦我都爱你呀。"
"看哦，这个是四川凉粉，又滑又嫩，我到时给你带点回哈。"

"再看这个,毛血旺哦,四川名菜,口味一级棒,而且特辣,你不是喜欢吃辣的吗,绝对符合你胃口。"

"哦,这个厉害咯,夫妻肺片,制作精细,片大而薄,超级入味,细嫩可口。"

"还有这个……"

【消息提醒,你非对方好友,请求证后再发送信息。】

对的,苗西西把苏树直接拉黑了,这么刺激她真的好吗?她好不容易下定决心要减肥的,就连染染都说她胖了一圈了,她是时候崛起了。

可是,怎么就有人如此不配合?

第二日一早,苗西西是被饿醒的,她现在一想起苏树发的那些图片就觉得怎么都饿,立马给苏树打电话让他多带些美食回来。

可某人就是个死傲娇,还在生她昨晚拉黑他的气。

可是,是他犯错在先的好吗?

在美食面前,苗西西决定委曲求全,再次加了他,结果得到的回复却是:你用邀请卡邀请我加你。

屁嘞。

可始终熬不过一个上午,苗西西最后还是使用了邀请卡,加了好友之后,苏树这才去屁颠屁颠地给她买了各种好吃的。

重置卡

苏树很喜欢孩子,有时经过学校的时候看着那些小孩子个头小小的,却背着个大大的书包,一颠一颠,萌坏了。

后来女儿糖包出生,苏树更是宠得不得了,恨不得整天抱在怀里,苗西西笑他整个就一女儿奴。

而且最为诡异的是,这孩子哭的时候苗西西怎么哄都哄不好,可偏偏苏树抱一会儿,哼唧几句,这小屁孩就瞬间安静了。

苗西西觉得她这当妈的真是太伤自尊了,可又想不通这是为什么,于是决定彻底放飞自己,找了染染他们几个大吃特吃,却没想到第二天就拉肚子了,苦不堪言。

苏树抱着糖包过来好言安慰,可苗西西肚里却憋着一团火:"以后你带着你闺女好好过日子吧,别理我。"

苏树虽知她是无理取闹,却也拿她没办法:"怎么还吃上女儿的醋了?"

"我就吃,怎么了?"苗西西理直气壮,现在,她可难受了。

"所以现在拉肚子了吧。"苏树想揉揉她的脑袋却被她给避开。

"我就算拉肚子也不用你管,哼!"苗西西觉得仍不解气,"反正你们两个前世的小情人就都抛弃我吧,以后也不用管我了。"说完就噔噔噔地上楼了。

苏树也是哭笑不得,她这无理取闹的性格现在都快赶上芝麻开花了,他觉得有必要好好整顿整顿,于是他把止泻药准备好后就真的带着闺女好好生活去了,真的就连着一天都没理她。

苗西西越想越难过,越想越悲愤,再这样下去,自己估计连名分都守不住了。反省过后，晚上便老老实实地爬上床："大苏，咱们和好吧，是我小气，是我作死，你就行行好吧。"

可不管她怎么说，苏树始终不为所动。最终逼得她不得不放出绝招："大苏，我用重置卡，所以，咱们就当啥事都没发生过好吗？重置，重置哦。"

结果她这话音刚落，苏树就笑得贼精贼精的："所以，你的愿望卡是都用完了吧，很久以前用了一张拒绝卡？"

苗西西灵机一动："没有，我要从你送我卡的那个时候开始重置，所以，我还有五张卡。"

重置，重置……苏树发现这将会是个死循环吧……

关于共享消失

某天早上，苗西西醒来的时候就发现自己的脑子好像出了故障，里头少了很多东西，可是一时半会儿又想不起到底少了什么。

下楼的时候见到苏树正在厨房弄早餐，她迷迷糊糊地走过去从后面抱着他："大苏，我脑子里好像有很多东西都不记得了。"

苏树继续活动着手里的动作，其实这事他一早也发现了，他没有了苗西西的记忆。

"我们的记忆共享好像消失了。"苏树道出事实。

如雷贯耳，如遭雷击，如……总之，苗西西整个人都不好了！

淡定过后，她趴在苏树背上悄悄地问："那大苏你以后要是出轨，或藏私房钱什么的，是不是我就都不知道了？"

……

所以她竟然担心的是这个？

"如果有这种可能我会告诉你的。"苏树想了想，给了她一个答案。

"可是我不想让你出轨。"苗西西哼哼唧唧地说着，口齿不清，可苏树却偏偏都听清了。

"傻瓜。"他转身，将她拥入怀中，有她这么个宝贝，他怎么舍得做对不起她的事呢？

第二天。

"大苏，我总觉得没了你的记忆都不知道你在干吗了，有点空落落的感觉。"苗西西对于共享消失这事还是没能适应，打电话跟苏树念叨。

"那我以后每天给你报备行踪？"

结果没一会儿，苗西西便收到了一张有关他所有行程的截图。

第三天。

当时苏树还在开会，期间收到苗西西的微信："大苏，糖包现在的数学题太难了，我都不会呀。"后面还带了个"我能怎么办，我也很绝望"的动图。

苏树嘴角不自觉地上扬，给她回："要不你现在就开始帮糖包培养个竹马？[大笑]"

"你舍得？"就他那样的女儿奴，苗西西思忖着。

"可我更舍不得你辛苦呀。"

苗西西抱着手机甜蜜地笑。

"妈妈，你知道怎么做吗？"正在做题的糖包等了半天都没等到结果，仰着头，神色古怪地看着她。

"糖包，妈给你找个竹马吧，像你爸那样的。"

是啊，他们虽不是青梅竹马，一起长大，可他们曾真实地拥有过对方的所有，而这之后，他们也会一直美好地生活下去……

扫一扫看更多图书番外，作者专访

【官方QQ群：555047509】

每周丰富多彩的群活动，好礼不停送！
作者编辑齐驾到，访谈八卦聊不停！

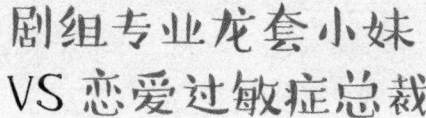

剧组专业龙套小妹
VS 恋爱过敏症总裁

契约妻子醒来，莫名换了一个灵魂。
总裁很惊悚！

她跑了一辈子的龙套，
却一不小心跑成了他心里的女主角。
人生十分需要理想，说不定就成现实了呢！

/ 现已上市 /　定价：29.80元

随机随书附赠《小花阅读》08期，赠送率高达60%！